EVERIGHT BOOK 永正图书

ENJOY LIFE

ENJOY READING

当野花来敲门

【德】苏珊·芙洛利希 著
翁奕萍 尹蕴雯 译

现代出版社
MODERN PRESS

SuperMan

CONTENTS

Chapter1

截肢的故事

集点卡满了。

上面贴着满满的蓝白色小圆点，真是令人振奋啊！看起来赏心悦目极了！努力不懈地搜集跟粘贴了好几个月，我期盼已久的时刻终于要到来啰！手中拿着贴满的集点卡，我感觉像是全班第一名，站在我最喜欢的老师面前。对！信任我就对了！我是个忠诚的人，一个忠心耿耿的顾客。我几乎不敢相信，加油站竟然没有为我放个烟火或是至少来段颁奖的奏乐。

现在这位站在加油站收银机旁的女人，马上就要颁给我因为我楷模般的行为所应得的奖赏。

——不会吧？

人家想得到的，是一只有测量脉搏功能的腕表，但现在却得到了一个野餐背包组！——这种东西很难用得到吧？更不用说它还是黑黄相间的……这个发明加油站红利集点办法的人到底在想什么啊？他把我当成卡通影片里的小蜜蜂还是波露西亚队的足球迷吗？①而且只能在你集点的地方兑换，这是最让人伤脑筋的地方，要是加油站的点数可以去Dior兑换奖品那该有多好？顺便可以给自己一个去那儿溜达溜达的机会；或是去Hermes，不然最起码去H&M嘛！但偏偏就是不行。

婚姻和加油站有点像，刚开始会被它的超值优惠还有因为开幕时短暂性的好处所吸引，但当你愈常去光顾，对它愈来愈熟悉时，你对它就会愈来愈不抱太多幻想。优惠多不见得就可以让人感到真的满足，到了某一天，那个最棒的优惠对你而言也已经无关痛痒，而最想要的却得不到。或许正因为你知道得不到，所以你才会想得到那样东西？这或许是跟婚姻最接近的类比？你也想在婚姻里得到你得不到的东西，因为这样东西你的伴侣没有，或是最糟的——这样东西他根本从来就没有过。

世界上有各式各样的加油站，正如同有各式各样的婚姻伴侣。大的，规模像是大型超级市场；小的，外观看起来像是以前座落在照明不太好的乡间小路上，没有新鲜面包和可以煮出卡布其诺的时髦咖啡机，但是有卡车司机们喜爱的“波霸杂志”以及香烟。但在最终效益上，规模

①：波露西亚为德国城市多特蒙德(Dortmund)的足球队名，其球衣颜色为黑黄相间。

其实并不是重点，如果我喜欢的是“波霸杂志”，就算给我最棒的卡布其诺也没用。因为卡布其诺对喜好“波霸杂志”的人而言是一点魅力也没有的。

所有的优惠都是有限制的，不管它们在刚开始时看起来多么诱人。这个道理套用在婚姻上该怎么说？难道没有例外、没有惊喜吗？可能没有。因为到头来加油站还是加油站，老公还是老公，在婚姻里没有红利办法也没有集点卡——对用不着野餐背包组的人来说它有什么用？难道我们应该屈就，反正我们总是得不到想要的？那合乎我个人需求的加油站跟我的老公呢？

他就是他，这是好，也是不好。好，是因为知道他是怎样的人，是件让人感到舒服的事，我可以料得到他的反应，知道他会在下一秒做出什么事来。不好，是因为所有跟惊喜有关的事通通都与我绝缘。没有惊喜的地方，很快就会让人觉得无趣，而令人麻痹的无趣感，就如火山熔岩般，让人想挡都挡不住。而且无趣感愈强，就会让人愈想寻找变化跟惊喜。

但是，不管男人或是加油站都不可能尽如人意，我们的人生也一样——我真的超讨厌这句话！但我还是得接受它，因为它还是有道理在。美国佬说：“你能得到的，就是你看得见的东西。”也就是这个道理。这句话想跟我们说什么？选男人时眼睛得睁亮一点？

“如果您再多加十三欧元九十九分，也可以兑换浴袍。”收银小姐对我说。

我相信，她一定有看到我是多么地失望。但是，我已经有一件浴袍了，而且我根本都没在穿。我对浴袍一点感觉都没有，它从来就不会引起我购买它的欲望。对于鞋子、裤子或是首饰我有着永无止尽的购买欲，但浴袍完全不属于这一类，我的信用卡在这项支出上毫无用武之地。

这样的浴袍可以给谁？我当然可以换回去给我老公克里斯多夫，这是有其急迫性的。看到他浴衣的人一定都会对它有怜悯之情。我想，那件浴袍应该是他从高中时代就开始穿的，或是更早之前，当他第一次接受圣餐仪式时就有了。它原本是白色的，但现在说它是灰色会更为恰当。穿上它的人看起来就像是个严重肠病毒的患者。这件浴衣对他来说有点小，当然克里斯多夫一定会极力否认他的身材在高中毕业后有任何的变化。他把一切都怪到我头上来，说是我的洗衣技术不佳。后来，不用说要洗那件浴衣了，我连伸手去拿那件浴衣都会心生恐惧，原因是它早已被洗得薄到不能再薄，有可能随时会裂开来。

我是可以多付个十三欧元九十九分来表现一下我善良可亲的一面啦！另一方面，我已经集点集了好几个月，就算是加价换了浴袍，怎么样也比他们原先提供的兑换品好吧。

等等，我怎么会这样想？我难道是集点兑换界里的特蕾莎修女还是怎样？我会因为我的善良无私而得到额外的点数吗？我会变成加油站慈善俱乐部的一员吗？不！这是绝对不可能的。而且克里斯多夫最近的表现不怎么值得得到这项兑换品——但这又是题外话了——更确切地说，是个不怎么令人愉快的话题。就让他继续穿着那件破烂浴衣在家附近走动好了。

我最后还是决定兑换黄黑相间的野餐背包组。威利[1]，你的小蜜蜂朋友来啰！集点可不能徒劳无功，不然我不就白集了。狩猎过程可是要比战利品本身还更让人振奋！无论如何，这是我在收银台旁学到的道理，真可以说是加油时的哲学收获啊！更何况，这背包是我应得的，或者说，是被我加油加来的。

我要把这个背包放在车子里，那么我至少可以在光临“得来速”时，合乎气氛地使用塑胶餐具吃东西，或是在塞车时将小叉子递给一家子，扮演超级主妇的角色。如果小鬼们还想吃些什么的话，当然还会用到盘子啰！毕竟一个好的家庭主妇是会为每一种状况做好准备的。

克里斯多夫打电话来了。顺带一提，这是今天的第一通。以前我们刚认识的时候，他几乎每个小时都会打电话给我。有些时候只是要告诉我，他是如何疯狂地爱上我！或者是跟我说，他有多么渴望我！但这一切都已成过去，

①：德国卡通“小蜜蜂玛雅”中雄蜂的名字。

现在他打电话来，通常都是问一些十分合乎逻辑的问题，例如谁要在什么时候去接谁诸如此类的问题。他现在又想干吗？临时来个浪漫约会吗？或是要跟我说，我是世界上最棒的女人？当然都不是。

“我今天会晚一点回去，我跟蜜雪儿还有一些事情要谈。”我的老公说道。

又是那个愚蠢的蜜雪儿。从我那么频繁地听到她的名字来看，她八成很快就会变成我们家的一份子。“跟蜜雪儿小姐还有一些事要谈！哼！是要跟事务所里的性感尤物谈事情是吧。”

那个新来的“多功能武器”聪明过人，成绩优异，而且又长得不顾人怨地美。

我还没见过她，但有一次我问起我老公，蜜雪儿到底长得什么样子？他说：“就像那个和布拉德·皮特在一起的安吉丽娜·朱莉。”

这位蜜雪儿小姐来自加拿大的富裕家庭，会说流利的法文、英文，还有德文。我不认识她，也没有兴趣去认识她。还没跟她说过话，她就已经让我觉得很厌烦了。

我是认为，完美总是会有个限度，没有什么东西会完美到可以让人永无止尽赞叹的地步，这样才符合人性嘛！如果她说话结巴或是眼睛有一点斜视，不然至少有O型腿或戴牙套的话，或许我还可以睁一只眼闭一只眼。老实说，如果她有兔唇的话我会更高兴。可惜我只能继续讨厌她。尽管如此，我还是保持在电话中应有的风度，继续假装没事。吃醋没关系，但绝对要尽可能不露出破绽。

我老公认为：没自信的人才会嫉妒。没自信又怎样？这个蜜雪儿让我觉得自己像是头丧家犬。

“我们可能会去吃点东西，所以你不必等我吃饭了。”他在电话中接着说，然后快速地跟我说拜拜。

我很乐意把这个野餐背包组送给他，他以后就可以跟这个叫蜜雪儿的妞舒舒服服地在事务所里享用餐点了。男同事在暗地里都昵称她“正妹蜜雪儿”。像这样的女人真的不应该存在，因为她们会让像我这种站在前线，经营“‘Kids、Kitchen、Carrier’股份有限公司”的女人士气变得薄弱。

还好我刚刚没有因为一时的宅心仁厚，去兑换那件浴衣给我老公。虽然如果他跟正妹蜜雪儿想去个三温暖，去那里“谈些事情”或什么的，他还是可以不知羞耻地穿上他那件几乎就要烂掉的破布！

后天我就会去劳工局，更确切地说是去找工作中介。我终于又可以去上班了。就像大家所说的，孩子拉扯大了，而我也想抓住可以演化为正妹蜜雪儿的机会。虽然说“正妹安德蕾雅”听起来实在是不怎么吸引人，而且不知怎么的，听起来很像在耍猴戏。要是晚上必须还得跟男同事再谈些事情，而他的长相和布拉德·皮特又恰巧像是从一个模子印出来的，听起来就很诱人！不是我报复心特重，我会在电话里跟克里斯多夫说：“你别等我了，我跟我的布拉德·皮特还有一两件事情要谈。”这真是帅呆了。

我很期待，不知那些工作中介的二愣子会怎么建议我？我不会抱有太多的期望。大家应该都从电视报道上看过，在劳工局找工作的多道手续、标着号码的窗口跟一张张惨白沮丧等待的脸……但连试都还没试，不用急着沮丧。

以我的状况来看，要找到一个职位恐怕不容易。因为我只能做“有限制条件”的工作。有限制条件——真有这样的弹性存在吗？是不是自相矛盾？一个让人看了就想把我排除在外的条件？但有两个孩子的我，是不可能今天还在科特布斯，然后明天就跑到慕尼黑去吧？再说，晚上要熬夜加班似乎也不可能。幼稚园总是会关门的，要是常发生那种晚接孩子的事，我想那些幼稚园老师的耐心总是有限度的吧。

至于我之前工作的“莱茵缅因广播电视公司”，我想都不用想。之前我做的节目“跟名人赌赌看”已经停播了，原因在于它那用显微镜可能都看不太出来的收视率。我不觉得这跟我离开有关系，但是因为我的离开而害得节目走下坡，继而停摆的想法，倒让我觉得挺乐的。那些兼职的制作群通通被解雇了，其他少数的正职员工则被调到其他部门去。

至于那个用笔墨难以形容的主持人威尔·海姆，目前在一个家庭购物频道主持。这对他来说应该是个很大的耻辱吧！虽然我从来没有喜欢过他，但还是替他感到遗憾。有一次我甚至纯粹因为太可怜他，而差一点买下一套寿司刀组，还好我在最后一分钟又找回了理智。我承认，没有买下去的主要原因是我根本很少自己做寿司。老实说，是从来没有过。克里斯多夫恨死鱼了，两个孩子连看到鱼排都会发抖，要他们吃生鱼应该就像要他们的命吧。

我也完全不会想要回我最早上班的公司工作，而且我觉得应该也不太可能有机会。我曾在一家货运公司当了几年的业务员，只是现在那家公司不是很稳定，而且已经有四个资历较深的员工被逼着卷铺盖走路了。从这样的情势看不出来我还有归队的可能性。

另一方面，在这个大千世界里，一定有一个非我不行的工作在等着我。我尽量试着乐观一点，何必杞人忧天呢？先悲观一点的确是可以缓和之后失望的感觉，但如果在事实明朗前就垂头丧气，这样的感觉应该是会更差吧。所以啊，说不定从后天开始我又可以恢复职业妇女的身份啰！至少我可以在我自己的幻想里自我陶醉一番。

时间不多了。我有一个目前正就读于四年级的九岁女儿克劳蒂亚，而我的儿子马克也快六岁了，一个正值需要父母多加注意的年龄。他们俩老是吵个不停，搞得我差一点就要叫社会局的人把他们带走。不过最后我还是一个人把他们搞定，一小时后他们吃饱梳洗干净上床。现在呢？接下来的夜晚可有好戏上场呢！

我就在这里等克里斯多夫。我倒要听听，他和那个正妹蜜雪儿是在搞什么飞机？或许我的存在可以让他顺便想起，他已经是有老婆的人了！我还是把他看紧点好。

不是我爱吃醋，但自从克里斯多夫变成朗尼律师事务所的合伙人后，几乎可以算是住在事务所了。我相信用不了多久，我就得常拿他的照片给孩子们看，免得他们忘了自己的爸爸长啥样。难保他们哪天不会在街上突然扑上一个陌生人，然后兴高采烈地叫他爸爸。克里斯多夫是个有野心的男人，他所做的一切理所当然都是为了我们。

我在看“超级保姆”①节目，里面的那些孩子让我很惊讶。他们是从哪里找到这些小怪物的？比较起来，我的小孩被教育得还真好。不管怎么样，还没有人会对我吐口水或是骂我臭贱货。人真的会对这样的小事觉得感恩。

来喝点酒好了。其实我不喜欢这样一个人喝酒，无聊死了。但今天晚上我的身体告诉我，它需要酒精的刺激。我倒要看看，我老公他要撑到什么时候才回来？

第三杯红酒，十点十五分了，我还是连个鬼影子都没看到。我应该打个电话给他吗？我是说，有可能他出了车祸或是汽车抛锚了，说不定他需要帮助。我拨了他的电话

---

①：教育节目，节目内容以育儿专家探访一般人的家庭，教导他们如何教育那些难以管教的孩子为主。

号码，在拨号的同时觉得自己很蠢，像个控制狂一样，根本就是典型歇斯底里的大醋桶嘛！

是语音信箱，我只好挂上电话。真的会被他给气死！他从来不接电话，我真不知道他要手机干吗？我不知跟他解释过多少次了，手机必须保持在开机的状态才能发挥它的功用。

我甚至用恐怖的电影情节吓唬过他："你想想看，如果我跟克劳蒂亚还有马克在急诊室，然后我必须决定要截掉哪只腿或是什么的。在这种情况下，你给点意见总是好的吧？但重点是你的手机一定要开机啊！"连这样的恐吓都吓不了他。

但为什么他的手机现在是关着的？内心深处有个声音告诉我，他一定正缠着蜜雪儿，试着将她引诱到旅馆房间，所以理所当然地，他不会希望在这个时候被老婆查勤的电话打扰。

为了甩开这没有意义的猜想，我又喝下一杯红酒。谁知道，他们现在可能正打得火热呢！我像喝水一般将红酒倒进我的喉咙，然后希望这瓶酒是克里斯多夫的好酒之一——一瓶我被禁止去碰的酒、一瓶得放个三四年才能释放出它真正香气的酒，而他当初买来是打算当投资，好在之后卖掉能小赚一笔。

我老公很爱红酒，他的宝贝们都好端端地躺在地下室里一个订做的酒架上。克里斯多夫的梦想是有个专门的酒窖，里面最好还有个可以保持恒温的酒柜。依我个人的浅见，我们一定有比酒窖还更需要的东西吧？但对于家里该买什么东西，什么东西有多重要之类的问题，长久以来我们的意见从未统一过。

再一杯就要十一点半了。我在想时钟一定有问题。“一些事情”是要谈多久？我真应该赏他几巴掌。他和他的正妹蜜雪儿正在享受他们的浪漫夜晚，而我只能晾在家里，独自猛灌自己红酒，我越想越气。

我的理智告诉我应该上床睡觉才对，苦苦等待真是会让一个人垮掉。但我都已经等了那么久了，不如再继续等下去，因为我想看看，我亲爱的老公进门时是什么德行。而且重点是，看他几点才能给我回来！

我再打一通电话好了。说不定上一通电话他没接，是因为他刚好在一个信号非常不好的地方。我们女人就是这样，老是替男人找这种冠冕堂皇的借口。我们还真是可悲的爱好和平的生物啊！我拨给他，又是语音信箱。

这次我留了言：“马上打电话给我。”这样简明扼要的留言连我自己都觉得很满意。这样应该OK吧？虽然听起来不是很友善，但最起码我的意思表达得非常清楚。

午夜了。我拿着遥控器不停地换台。天啊！晚上都在演些什么鬼？只有两种选择：白痴猜谜秀或是色情专线的广告。

我把一瓶酒给喝完了。声音沙哑的女主持人不断地提高一个简单到要命的猜谜奖金，连我喝酒喝到头昏眼花都还可以马上想出答案，反正我现在也没什么事情做，如果能顺便赚个几欧元也不赖。

我从来没有打电话去猜谜秀过，主持人现在刚好在拜托大家call-in。好吧，我打打看好了。占线，再试一次。终于在第三次让我给打通了。可惜不是那个女主持人接的电话，而是电话语音系统。尽管如此，电视上的那个金发妞还是不断地拜托大家打电话进去。他们在干吗啊？“美女，我正在打电话，快去接啊！”我心里这样想，然后再拨一次。

在打了第八次后，电话那头依旧是电话语音系统。

我才不会让自己这样被耍呢！我可是个有原则的人。每通电话四十九分欧元，我已经白白浪费那么多，现在的我可是真的需要得到那笔奖金了。

但更急迫的是，我还需要再来一瓶酒。当你一开始喝酒，这就会变成一种惯性，很难再停下来。我又从克里斯多夫神圣的酒架上拿了一瓶布满灰尘，看起来就很贵的酒。我希望这次我有赌对。

已经十二点三十五分了，还是没他的鬼影子出现。我打最后一次电话给他，结果又听到他那蠢毙了的语音信箱。

我决定要下狠招，非常非常狠的狠招：“亲爱的，我现在急诊室，我不知道该不该把腿截肢。你在哪里？我该怎么办？再打给我。”嘿嘿，这回保证让他吓死。这是他活该，谁叫他死都不接电话。

电视上的那个金发妞还在抱怨没人打电话进去。我再试两次好了。“谢谢您的来电。”

好样的，我看称今天晚上为“电话语音之夜”一点也不为过。算了，猜谜大婶跟克里斯多夫我通通放弃！

我累爆了，连站起来的力气都没有。我在沙发上打个瞌睡好了，这样的话，克里斯多夫回来我也听得到。之后我连电视都没来不及关（更不用说刷牙跟卸妆了），就沉沉地睡着了。

我会醒是因为一个满脸涨红的家伙把我给摇起来，对我破口大骂。由于我睡得实在是太熟了，我花了一些时间才回过神来，搞清楚现在在我面前的是他。他看起来好像被笼罩在一团雾里，朦朦胧胧的，我想应该是我睡觉没有把隐形眼镜摘下来的原因吧。

“让我睡嘛！”我低声咕哝着。

“你给我听清楚，”他对着我吼，“你真的是个神经病！”这句话清清楚楚地直冲我犹如一堆烂泥的脑袋里。

神经病？这话他真的是太过分了。我坐起来盯着他看，“你那么激动干吗？”我想要知道，也不想想看是谁跟那个正妹蜜雪儿在外面混到凌晨？是他还我啊？男人会用的典型烂把戏，把攻击视作一种最佳防卫方式，但他找错人了！这样的把戏对我这种年纪的人一点用处也没有，我才不会掉入他的白痴陷阱！

“你最好控制一下你自己，不准再叫我神经病。”我尽可能冷静但清楚地告诉他。

“我应该控制一下我自己？”我老公怒吼着，然后继续摇着我说，“说你是神经病还可以把这个当做你歇斯底里行为的好借口呢！”“歇斯底里”这个词对我来说，比神经病更为严重。歇斯底里是男人最爱用的形容词，当他们词穷时，就会骂出“歇斯底里”这四个字来。

“先让我把话说完，现在我们两个到底是谁在歇斯底里啊？”我机灵地反击。

“安德蕾雅，你够了没？你今天真的是太夸张了！”突然之间他变得相当冷静，从他的眼神射出两道锐利的光芒。这真的是太离谱了。

现在换我回击过去，“你搞到三更半夜才谈完公事回来，然后还对我大呼小叫？反了，这世界真是反了。你会有这样的反应八成是因为良心不安吧！”

“亲爱的，现在是我在说话！”克里斯多夫激动得就像只正在准备发动最后攻击的蛇。

“我现在要告诉你，我度过了一个什么样的夜晚。然后再换你说，虽然我已经可以想象，你晚上都做了些什么。”他说道，在同一时间，他的眼光扫过客厅，盯着还开着的电视机、空酒瓶还有舒适的沙发。我现在会被叱责，是因为我竟然有胆喝两小瓶酒，然后没收拾干净就睡吗？

“拜托，你要是那么看不顺眼，你就去收拾啊！”我说。我现在已经被他惹毛了。

“这和这乱七八糟的猪舍无关。”克里斯多夫语带轻蔑地说，并且示威性地将一只酒瓶高高举起，“有关这件事我们晚点再谈。”哦，酒测警察来啰！

“我现在年纪已经够大了，我想喝什么就喝什么。”我顶回去。

“安德蕾雅，你现在给我听好了。我是跟蜜雪儿还有朗尼在办公室。我们叫了外送比萨，因为工作比我们原先想得还要多——那个明葛纳的案子。我们只喝矿泉水，一滴酒都没沾。”

我傻了。一是因为他竟然用我喝酒的事情来借题发挥，二是朗尼怎么也在？我以为克里斯多夫晚上是跟那个小野猫在一起。

“朗尼也在？你为什么不早告诉我！”我吼回去。如果我早知道事情是这样，就不会衍生出现在这个局面了。

“有差别吗？我还不是一样在工作？有谁在又怎样？”他完全不了解状况。这样愚蠢的说辞真的只有男人才说得出口。有谁在旁边当然有差别，而且差得可多了！如果我早料想到有朗尼在旁监督这对事务所新诞生的小鸳鸯，我就不会觉得这件事情怎么样了。

“安德蕾雅，接下来就是整个晚上让我最受侮辱的部分了。”克里斯多夫重新起了个头。

“我们忙得跟狗一样，没空出去吃饭，只叫了外卖。如果你想知道细节的话，我们订了比萨。”

“是好吃的乔凡尼比萨吗？”我只是想知道。

“不是，而且老实说，这跟整个故事一点关系都没有。”克里斯多夫吼着，“继续给我听着！正当我们十二点多完成明葛纳的辩护词时——顺带一提，这是件非常棘手的案子。我把手机开机，然后听了你的留言。我十二点二十分左右就站在急诊室门口了，跟朗尼一起。他好心地载了我一程，因为我非常地激动，他跟我说：‘在这样的状况下，我怎么能让你开车呢？’在去医院的途中，我几乎担心死了。然后到了医院，我跟朗尼几乎异口同声地吼着：‘千万不要把腿截肢啊！拜托千万不要！’”

他大声又清楚地喘息着，接着继续说：“你知道在急诊室里的那些人是怎么看我们的吗？急诊室的医生差一点就要把给精神病人捆手的家伙拿出来。他不断地问我：‘什么腿？’‘不知道是我儿子还是我女儿的，我不是很确定。’我回答。‘啥？不确定？哪个女儿？哪个儿子啊？’那医生完全摸不着头绪。来来回回搞了好几分钟，我们才知道在前几个小时里，根本没有任何孩子被送进急诊室。急诊室的医生想要打电话去精神科替我们找个适合的谈话对象——一个精神科医师。我们前前后后至少花了十分钟才阻止他们这么做。接着我和朗尼就前往大学附属医院，因为我们理所当然地觉得，我们刚刚一定是跑错医院了。我们开得飞快，途中我一直试着要跟你联络，但家里的电话一直占线。”

我早就觉得怪怪的了，我 call-in 到猜谜秀时一直是语音系统。

“在大学附属医院里也没有任何需要截肢的孩子。为了让我们能平静下来，医院里的人还是将唯一一个有可能的孩子带到我们面前，一个满脸青春痘又酒气熏天的青少年，他一见到我们就吐得稀里哗啦，恶心死了。完全没有我们孩子的踪影。于是我打了电话给我父母，因为我想他们或许会知道些什么。他们听了也吓死了，但他们也什么都不知道。我妈她差点就心肌梗塞了。”

他清了清喉咙，叹着气说：“然后我慢慢才发觉这应该是个玩笑，顺带一提，是个一点都不成功的玩笑！早知道我就不该相信你的。安德蕾雅，这是我人生中最尴尬的一个晚上。你怎么能对我做出这样的事？你觉得这样很好玩吗？你觉得现在朗尼会怎么想？你知道他会怎样看我吗？”

“唉哟，”我开始为自己辩护，“你都一直不接电话啊，然后时间又很晚了。更何况我也不知道朗尼也在。”我犹豫了片刻。

“那又怎样？”克里斯多夫叫道，“你本来就知道我在工作呀！我工作的时候总是会把手机给关掉，我不在我工作的时候接电话，这些你难道不知道吗！我真不知道一个人到底还可以有多讨厌？你这个爱吃醋的母山羊！”

够了，我要离婚，或是朝这个方向做点什么。对一个已婚妇女而言，除了离婚之外，似乎没有什么其他的行动可以构成更强烈的威胁。这家伙到底在想什么？一个做妻子的总有权利过问他的先生午夜的时候在哪里吧？他怎么可以叫我爱吃醋的母山羊？

这个傲慢的笨蛋。我把这句话说出口：“傲慢的笨蛋。”

“你真应该去看心理医生，你得接受治疗，这不是正常人会做的事。蜜雪儿也这样觉得。”

后面这半句真是经典！蜜雪儿也这样觉得！我以为她没跟去医院？难道她除了那些了不起的能耐外，还精通透视人心这项特异功能不成？还是他打电话告诉她，说他的老婆是个疯子？

我从沙发上跳起来，冲向楼梯。我们的房间在顶楼，可惜在这之间没有任何的门能让我大力甩上。

我在楼梯上转过身，颇有戏剧性地叫道：“去你的蜜雪儿，去你妈个蛋！”在这种情况之下，这样的行为是两性专家绝对不会建议的。这样的表现或许很小心眼，但管它的，我根本无所谓。

“从蜜雪儿那儿，你要学的可多着呢！”克里斯多夫对我狂吼。我恨他们两个，蜜雪儿还有我老公。

“那你去你的蜜雪儿那里啊！”我尖叫道。当他回答：“真是个好主意！”时，我呆住了。如果他现在走的话，那我……那我该怎么办？追着他跑出去吗？绝对不可能。他要走就走吧。

“去吧你！”我用非常狠毒的语气说着，从楼梯上向下望着他。

“好，”克里斯多夫回答，“那就让我称了你的心吧！等你恢复理智了再打电话给我。”

我真不敢相信啊！他真的就这样走了，而且他做得相当自然，好像这一切都是我的主意一样。

我认为，对于像“那你去你的蜜雪儿那里啊！”这样小小的一句话，应该不用太认真吧！但他似乎真把这句话当一回事，因为他正拿着他的外套还有那个我送他的白兰地颜色公事包（那公事包贵得要命，而且好看得不得了），冲往门的方向。

我现在不让步不行了，不然他就要真的走了。但算了，他要走就走好了。不是有句谚语说：“箭在弦上，不得不发。”还是什么的，现在要拦他反正也是拦不住的。

正当我还在考虑到底要不要让步时，他示威性地将门“砰！”地关上。我听到克里斯多夫那辆BMW不可一世地呼啸而去，接着又是一片寂静。他只会在这附近兜一兜啦，我自己说服自己，他只是想给我点颜色瞧瞧，吓吓我罢了。他不会认真的。

半个小时过去了。我们这附近没那么大范围啊。我走到门边，看着夜色。外面一点声音都没有。相连式的住宅沉睡着，除了我以外。一个心烦意乱的家庭主妇经历了一个悲惨的夜晚。

过了十分钟，我的心也凉了，而且现在整个情况很明显：他走了。只是，他会去哪儿呢？有可能去找他的蜜雪儿吗？我真想赏给自己两巴掌，我那时候为什么要发那样的疯？有可能是因为我说了那些话才把他推向那女人身边吗？——反正他早就想过去了。难道我真是个爱吃醋的母山羊？如果是的话，我会这个样子难道不是因为他？

如果孩子不在的话，我一定马上开车去蜜雪儿那，去看看他的车是不是停在那附近。但我不能大半夜就这样把两个孩子丢在家不管吧？尽管两个孩子睡得正熟。

我决定放弃这个攻坚行动的想法，尤其我之前还喝了不少红酒。于是我将两个瓶子里残余的酒喝个精光就上床睡了，因为继续坐在这里想破头也没用。如果他回来的话，我会发觉；如果没有，我也会发觉。

从明天开始我会变成单亲妈妈吗？那我的工作怎么办？——虽然八字还没一撇，但我还是抱着很大的希望。我的孩子会需要接受心理咨询吗？我的父母对这一切又会怎么说？我真想哭，然而怒火中烧的成分远远大于心里疑惑的感觉。安德蕾雅·施耐德不会那么快就放弃的！我警告我自己。

电话响了。哼！看吧，他想清楚了，终于感到后悔然后想回来了吧！很好，还好我没打电话给他，坚持跟耐力果然是值得的。

我从床上跳起来走向电话。我会保持一定严肃的态度，但还是要适时地发出善意，如果他适度地表示他的歉意，我就让步。

电话里不是克里斯多夫，而是我的公公鲁迪。“安德蕾雅，亲爱的，我把话筒音量调大声点，茵格坐在我旁边，快告诉我们，什么腿的，是怎么一回事？孩子们怎么样？一切都还好吗？你需要帮忙吗？你一句话，我们随时都可以出发。我们真的快担心死了。”他噼里啪啦地说。

“真的，安德蕾雅，没有什么是不可行的。我的意思是说，现在技术很发达，有特别为孩子设计的义肢，况且孩子的适应力又强。”他想安慰我。真该死，现在又跑出这样的事来，真是一波未平一波又起。我好心的公婆在午夜时分做好随时可以出发的准备，担心得不得了，只因为我想气他们的儿子。

“啊……”我结结巴巴地说，“怎么说呢，这一切是个大误会。孩子们很好，他们在睡觉。当然，他们的腿也好端端的，不用义肢什么的。快去睡吧，真的，这里一切都很好。”

鲁迪顿了一下，继续说道：“克里斯多夫打电话给我们，然后——现在我真的不明白了。到底发生了什么事？到底是谁缺了腿？”我听到茵格在后面担心地说：“孩子们真的好吗？”

“是的，茵格。”我对着话筒喊，“他们再好不过了。”

“你现在不要只是想让我们安心，虽然我们已经老了，但我们还是可以挺得住真相，你真的可以坦白跟我们讲。安德蕾雅，把电话给我们家儿子。”鲁迪的态度仍十分强硬。

他们想跟他们家儿子，也就是克里斯多夫讲话。这个要求有点难达成，我现在也很想知道，他们家儿子现在到底在哪里。如果我现在坦承，他们孙子的腿还健在，但他们家儿子却因为这个原因而气得跑出去，我想他们俩应该会疯掉吧。

“他已经睡了。”我撒了个小谎，毕竟我不想让他们更担心，“他跟孩子们都睡了，我也差不多要准备睡了。我明天再拨电话给你们。”我跟他们保证。

我很喜欢他们俩，但现在我只想用最快的速度来摆脱他们。只是鲁迪还是有点火：“先是克利斯多夫在午夜打来一通让我们摸不着头绪的电话，把我们搞得神经兮兮，然后自己却倒头就睡。这真是太怪了。这样不对劲，我们家儿子怎么对我们做出这种事？他好歹也打个电话跟我们说声一切 OK 嘛！所以我说，一定有什么不对劲。”

我自己也不觉得有哪里对劲，但我还是用平静的语气，想办法说服我的公婆：“我明天一早再打电话给你们，克里斯多夫需要睡眠，你们知道他的，他不是有意要让你们担心的。”

我还真是大公无私啊！我本来是可以好好数落那家伙一番的，但是心地善良的我，在这样的紧要关头，我还是保护他在他父母心目中的良好形象吧。

“好吧，唉！如果一切真的都好的话，我们儿子也该好好睡了。”鲁迪咕哝着，然后我听到茵格在后面嘀咕：“这一切真的太怪了，真是个怪异的故事。我完全搞不懂。”最后，他们终于无可奈何地跟我说了声：“晚安。”呼！终于成功了。

我睡得很不安稳，做了一些乱七八糟跟克里斯多夫还有那个正妹蜜雪儿有关的梦。在梦里，那女人从她一头滑顺的卷发里长出恶魔的小角，然后不停咯咯地笑着。

Chapter2

有关茵格的血栓

隔天早上起床头痛得要命，竟然还是落到这样的下场，我还以为我喝的是好酒呢！他在地下室藏的到底是什么劣质酒啊？他应该要感谢我帮他消耗掉这两瓶烂酒。我勉勉强强地“变”出了早餐——牛奶配上玉米片给孩子们吃。当他们问到他们的爹时，我告诉他们他已经去上班了。不用跟孩子解释太多，让他们陷入没必要的害怕情绪中。因为克里斯多夫真的常在早餐缺席，孩子自然马上就相信了我的说法，反正小孩向来就很少会对任何事情起疑心。我把他们俩分别载到小学跟幼稚园后，就以最快的速度赶回家去。

还来不及等门关上，我就按下电话答录机的按钮。红色的灯亮了起来，这表示有人打过电话来。他沉默过了，并且想为他冲动逃跑的行为道歉。哼！至少他还知道该这么做。我承认，他能这样做我再高兴不过了，同时也稍稍松了一口气，因为我还真不喜欢认真地大吵呢！我跟大多数女人一样以和为贵，但这并不表示我胆小怕事，就算有的话也只是那么一点点。

电话答录机显示有两个讯息，一个是昨天夜里的，一个是今天的。我按下按钮："安德蕾雅，跟我联络，我现在人在急诊室，我不知道该怎么办。拜托你打个电话给我。"该死，这是我昨晚错过的留言。克里斯多夫的声音听起来有些紧张。昨天那个有关腿的事，够把他搞垮的，可能已经超乎他的限度。但是，他之前也可以事先打个电话给我吧？如果他打个电话给我，我根本不会让事情演变到这样的地步。更何况，如果他这几年有认真在听我说话的话，他应该就会听得懂，我会那样说是故意在讽刺他。我不是常告诉他吗（甚至是很多次）："拜托把你的手机打开，你想想看，如果我在急诊室，然后必须决定到底要不要拿掉一只腿的时候该怎么办？"换句话说，这一切都是他咎由自取，活该！对他来软的一点用都没有，有些人就是需要对他下狠招他才会记取教训。

第二通留言也不是他，而是我的公婆。经过昨儿个晚上，他们理所当然想好好听我向他们解释整件事情："打通电话给我们吧！整件事我们还是搞不懂，昨天晚上我们根本无法好好睡觉。"就只有这两通留言，没有克里斯多夫的，他也没打到我手机。

这代表什么？他已经决定要跟我分开？还是这是另一场战役的开端？看看谁可以撑得比较久都不跟对方说话？就像小孩子一样，谁先开口谁就输了。难道一通电话就代表认罪吗？我坐在沙发上思考这个问题。我应该像没事一样，自动向他报到，然后用很酷的口气问他："昨晚睡得好吗？"这样的做法应该够成熟吧？而且还是个非常好的榜样。但一想到他骂我是"爱吃醋的母山羊"，我就非常地不爽！这只自以为是的猴子，他以为他是谁啊？他以为他是全黑森邦最令人渴望的对象吗？他不能怪我这样想他，谁叫他叫我"爱吃醋的母山羊"。哼！我才不是呢！不管他昨晚是在哪儿度过的，我一定要装出一副满不在乎的样子，就算是现在这个状况，我也可以图个清静。他会的那些把戏，老娘我早就会啦！

门铃响了，依旧不是克里斯多夫，而是我的邻居安妮塔。她家就在我家左边那一栋。她问我可不可以进来喝杯咖啡，希望她没有听到昨夜发生的事。我对她说："欢迎。"因为以我现在头脑的状况，来杯咖啡也不会坏到哪去，更何况安妮塔向来也不是个好摆脱的访客。

再说，如果安妮塔待在我们家，这段时间我就绝对可以克制自己不打电话给克里斯多夫。他应该已经在事务所了吧，至少我是这么希望着。如果我跟安妮塔再熟一点的话，我就会拜托她替我跑一趟事务所，去问问看克里斯多夫在不在那儿。但是如果我现在要她这么做的话，我一定又要跟她解释一堆，还是算了好了。在一个社区里招供这样的事情，最后一定是弄得人尽皆知，这跟自杀没什么两样。

安妮塔根本就是个广播站。这是我从住在我们对面相连式住宅的塔玛拉那里得知的，她也是那种三姑六婆的典型。当然，她们都会保证，她们绝不会把事情泄漏出去。根据塔玛拉的说法，安妮塔说话很爱添油加醋。

果不其然，在我煮咖啡的当中，安妮塔就已经不想说太多废话，直接切入主题："喂，安德蕾雅，"她开始盘问，"我昨夜听到的是不是克里斯多夫的车声啊？大概两点的时候。我听到他的轮胎发出叽叽声，车子呼啸而去。那时候我刚好在浴室。最近我因为膀胱的问题，连晚上也不得安宁，大概是因为我骨盆肌膜松弛的问题吧！这是我的复健师说的，他说我必须做些运动，才能再让它提高。"

她叽里呱啦跟我说些无关紧要的事，顺便给了我珍贵的几秒钟去思考该怎么应付她。"哦，是啊，克里斯多夫昨儿个夜里有急事必须离开。"我戏剧性地停顿了一下，喘口气，想着接下去该怎么说。

"到底是怎么回事？"她紧抓着这个话题不放。

"他妈妈有点问题，所以他必须去急诊室一趟，好像是跟腿有关。"

这也不算全然在说谎。好吧，虽然时间是不太对，他在昨晚从家里离去前就已经去过医院一趟，而且他妈妈到目前为止也没有过什么腿的毛病，但是含糊来说，这句话还是有它真实的元素存在：医院、急诊室还有腿的部分。这样的答复当然无法满足安妮塔。

“哦，可怜的妈妈，是因为血栓还是什么？”安妮塔问。

“没错。”为了避免她再问其他问题，我这么回答，反正在那么短的时间里，我也想不到什么其他的，“她现在好多了，还好已经可以回家了，可怜的茵格。”

这个匆忙的回答让安妮塔不知所措，“她有血栓，医院还让她回家？我的表妹也曾经有过很严重的血栓，就是那个芮吉娜，是我那个叫克拉拉的阿姨的女儿，你见过她的，我说的不是芮吉娜，是克拉拉，弗烈德四十岁生日时她有来。她差点死于血栓你知道吗？我不是想吓你，但我觉得医院里的人真的很草率耶！他们怎么可以在那么短的时间里就让你婆婆这样出院呢？”她做了一个很有必要的停顿。

“你那个表妹，克拉拉，还活着吗？”我试着重新开辟另一个话题，好转移她的注意力。

“克拉拉是我阿姨，我的表妹叫芮吉娜，就是那个小时候有神经性皮肤炎的那个。她呀，再好不过了，多亏她有私人保险。”安妮塔点着头，好像我问的是废话一样。之前她明明把她说得一副快死的模样，现在因为有私人保险的关系，她又理所当然地生龙活虎起来。安妮塔的逻辑真是令人信服，说不定她的亲戚也跟她一样充满了韧性。

“你先生难道没有给他们施加一些压力吗？不然他们怎么那么快就让她离开？我跟你说，老人恶化得很快。”她越说越激动。

“安妮塔，我跟她通过话了，一切都很好。他们有好好地替她进行治疗，而且克里斯多夫也适度地在一旁盯着。我是说，他是律师，一定会很小心的。”我为我自己编的故事结了个尾。

哼！我才不想知道克里斯多夫昨夜是盯哪儿呢！这样的想法不禁让我觉得有点毛，我竟然说谎说得那么忘我。我现在才发现，我比想象中更会说谎。人一旦开始扯谎，就会越扯越顺。最美妙的是，当你越去扯一些细节的部分，你也会开始越来越相信自己的谎言。我一面想着，之后一定要记得告诉克里斯多夫（如果我们之后和好的话）有关他妈患有血栓的这件事——从昨夜开始，而且是急性的暂时性血栓。

我把话题又转到安妮塔的骨盆肌膜上头，因为她说长道短还是最喜欢说自己，不然就是和她先生弗烈德有关的事情（顺道一提，他真是我见过最无趣的人）。果然，我成功地把话题从子虚乌有的血栓跳到骨盆肌膜上。安妮塔还特别教我两个一定要天天做的动作，说是可以预防这个毛病。

她在我们家的木头地板上将自己蜷曲起来，然后大声地呼吸。我保证，我的骨盆肌膜绝对强健得很，但是安妮塔可不同意我这样的想法:“我当初也没事啊！但突然从某天开始,我就必须半夜跑厕所了。我一说,我的复健师一下就知道我毛病在哪。他跟我说,像这种毛病几乎每个人都会有,你一定要防患未然啊。”她又重复了一遍那个练习动作,喘着气,好像在分娩的最后阶段似的。在我乖乖跟着她做，并且向她保证从今天起我每晚都会练习后,她才停止了她的动作。

我可以再说出一个安妮塔夜里必须逃离她的床的原因。我想,如果是我跟弗烈德同睡在一张床上的话,我应该也会很高兴夜里有离开房间的需要。在安妮塔结束她的骨盆肌膜任务后,终于心满意足地离开。

我从厨房的窗子里可以看到她去按塔玛拉的门铃。相连式住户的风声就是这样传开的。

四十分钟后,塔玛拉站在我家门前,然后“顺便”打听有关茵格的血栓。又来了,我只好继续我的谎言,尽管塔玛拉和安妮塔比起来,要让人信任多了,但我还是无法跳出撒谎的泥沼。说谎就得说到底，我之后应该要想个办法,让我婆婆茵格明白,她从昨夜开始有了血栓的问题。毕竟茵格和鲁迪常帮我们带孩子，要是他们和塔玛拉或安妮塔遇到的话,真的会尴尬到不行。如果茵格在她们面前不知所措地站住:“您在说什么血栓啊？”天晓得,在那么短的时间里不会有人有血栓吧！

幸好塔玛拉没多少时间，我也可以省得回答那些细节上的问题。她走前还塞了一条用过的肤色裤袜给我："给你的婆婆。这是血栓专用的裤袜，是我上回生产时用过的。替我向她问好，祝她早日康复。血栓的毛病可不能掉以轻心，但这你一定知道的啦！"

我压抑住自己，向她道谢。我认为，送别人用过的裤袜算是一件很有胆量的作为，她说那是她生产时用的，这也有点吓到我，到底她也是个有快十岁孩子的妈。有些人天性就是喜欢将东西收藏起来。我一直以为我是个爱收东收西的女人，但这次我真的被打败了。无论如何，我倒是很敬佩她，她能在那么短的时间内把这种东西给翻出来。

我把乱七八糟的客厅整理好，然后又去按电话答录机的按钮，这已经是今天的第五次了，手机上面也没任何新简讯。一条简讯都没有，虽然我的手机明明收讯好得不得了，电池里的电也满满的。女人就是会先去怀疑这种技术上的问题，而不是她们的先生。

现在情况很明白了：没有电话，没有简讯。这个男人怎么可以那么固执啊！他想耍这招是吧？我倒要让他瞧瞧什么叫真正的个中高手，等着看吧！这又牵扯到原则的问题，要是谁先把态度放软，谁就会在两人关系中被打上一个永远的记号。

我打给我住在慕尼黑的蕾丝边朋友海珂。为了安全起见，当然一定要用家里的电话打，万一克里斯多夫在我跟海珂闲聊时打到我手机上，那可怎么办？海珂是我最好的朋友，她十分了解错综复杂的感情故事，而且总是能给些好建议。

她耐心地听着我上演的戏码。海珂觉得医院截肢的故事有点太猛，但也有点好笑，她咯咯地笑着。无论如何这种小事，绝对不能构成不打电话回家的因素。但显然在克里斯多夫眼里可不是这么回事。

“哈，男人！”海珂叹息着，“他们何时有过幽默感啊？”我完全赞同她所讲的。男人算是爱笑，但是他们绝对不会喜欢自己变成被嘲弄的对象，被耍就更不用说了，这点我其实也可以理解。

“那我现在应该怎么做？”我拜托我最好的朋友给点建议。

“打个电话给他，然后告诉他，你真的感到很抱歉。”她建议，“这是最快也最简单的做法。好啦！你是必须低声下气，有点像是讨好他，而且他一定也在等你电话，然后事情就解决啦！”这不是我想听的建议，因为这样的建议我自己也想得出来。我期待听到的是一个一石二鸟的解决方案，一个让我跟克里斯多夫都下得了台阶，或是至少，单单让我一个人下得了台阶的建议。

“海珂，你再用力想想看嘛！你刚要我跟克里斯多夫低头，应该不是认真的吧？我这样打去给他，摆明了就是认错嘛！可是我觉得我根本一点错都没有。如果我真的那么做，让他占了上风，他以后就会每晚都跑去那个蠢女人蜜雪儿那儿，因为他知道，就算他这么做，他的家庭操行还会有个八十五分。这样行不通啦！更何况，你是我的朋友耶，又不是他的，好吧，你也算是他半个朋友。拜托啦！”

“好吧，我也不是没有其他的办法。”海珂回答，“刚那个只是最快，最不复杂的一个方法。我觉得伴侣间的这种小游戏真的很无聊耶！你干脆跟他直接说出事实算了，说你是因为吃醋，才试着用各种方法，想把他给引回家来。他听到这样的恭维，一定会马上原谅你。”

有没有搞错？我最好的朋友似乎是很认真地在建议我，应该去拍我先生的马屁！她是嗑了药还是怎样？如果连海珂给的建议都这样，我也可以不用听我妈的意见了。我大概可以想象得到，我妈应该会挂我电话吧。

“喂！你是去上了两性课程还是怎么了？”安全起见我还是问了一下，因为这个状况真是太疯狂了。

在两性关系中，说出事实的真相有可能才是真正理智而且成熟的，但我只会在有附带条件的状况下才会相信这样的论调。如果没有来一点两方正面交锋的戏码，很容易就会变成一个人在唱独角戏，而这种游戏的结果会如何，大家应该再清楚不过了吧？

“好吧，用理智跟你沟通好像没什么用。”海珂笑着说，“那你什么都别做，采取按兵不动策略，见招拆招就是了。看看对方还使得出什么把戏来，急不得。”这样的建议跟我的想法接近多了。到目前为止，我也没有其他更进一步的动作。静静地等着，这其实也不是什么新伎俩。

“那我该等到什么时候？”我想知道。

“等到他有动作为止。”海珂很实际地向我解释着。

我不得不承认，这场对话对我来说好像没多大帮助。我本来还高度期待海珂细密的心思呢。

很奇怪，异性恋女人常会觉得，在女人跟女人的关系里，也就是蕾丝边们，她们的思想应该是更为开放才是。这个想法好几次都让海珂笑得东倒西歪。“爱情是个相当棘手的学问，大家都无所不用其极。我们蕾丝边也跟你们异性恋者一样。”这真是个让人不抱有任何幻想的说词。

我一直都觉得，男性荷尔蒙应该是两性之间问题的主因。前几年我也曾想过，是不是改变自己的性取向会比较好，好让我的生活跟男性荷尔蒙绝缘。“同性恋的谬思。”海珂对我这样的想法下了注脚。

后来我很快又把这样的想法丢在一旁，倒不是因为海珂的话，而是一个名叫丹妮耶菈——极度女性化的女人——她跟男人一样烦。由此可见，不管是哪种荷尔蒙，过量了都不好。最终我还是臣服在男性荷尔蒙之下。

我是个情绪起伏较大的人，很容易一下子很兴奋，一下子又很快恢复冷静。我不知道这样的个性好不好，但是这样的个性让生活好过多了。

“可以拜托你打个电话去克里斯多夫的办公室，看他有没有在事务所吗？”我犹豫地问了海珂。

“他大白天的还能去哪儿？”她有点无法理解我的问题。

我真的不愿意仔细去想其他的可能性，在我脑海里，针对这个主题有着不太美好的画面：那个叫蜜雪儿的女人可能跟他在铺有上好绸缎床单的床上翻滚（家里有的只是绒布床单），然后决定在火热的一夜后还是继续待在那儿度过今天，或者类似这样的剧情。

不管我怎么想象，那个叫蜜雪儿的妞就是属于这类型的角色：薄纱轻罩，挂着吊袜带，嘴角挂着那种属于胜利者的诱人微笑。但是游戏还没开始呢！我亲爱的蜜雪儿，你太不清楚我安德蕾雅•施耐德这号人物了。蜜雪儿可能单纯在外表略胜我一筹，但是我会继续努力的，在这方面我还有可以使得上力的地方。

现在再说那种先来后到的道理也是没用，因为那对整个状况一点帮助也没有。不是有很多占着大老婆位子的女人都快把眼睛哭瞎了吗？谁先来谁后到根本没用。我一定要搞清楚那个蜜雪儿到底是几岁。

海珂试着安慰我：“男人会一直挂在嘴上的，通常什么事都没有。如果他们之间真的有什么，他才不会一直跟你谈到她呢。”这番话听起来很有道理，但是这个规矩由来已久，早就被传烂了，那些机灵的家伙一定会因为这样，更常谈论某个女人，因为他们知道，一但这样做就不会被怀疑了，尽管我知道大多数的男人不会聪明到能想到这个妙招。

“酷一点，他一定会比你想象中的回来得更快，他们最后都会回头的。”海珂用心理咨询师的口吻劝我。

我发现她针对这个问题，除了一些空洞无意义的话之外，也提不出其他令人拍案叫绝的解决之道。

算了，我换个话题好了。“你的亲密爱人在做什么？”我向她打听。

就像男人很爱挂在嘴上的，海珂有个超完美女友，一个有魅力到不行的人。换句话说，就是蜜雪儿那型的。她叫莉雅，她拥有全人类最长的腿。如果说她那双腿直接源于长颈鹿，可一点都不夸张，因为真的是长到难以让人置信。这个令人着迷的上帝杰作还是个成功的职业女性，既聪明又亲切，是被我们海珂追来的。上回海珂带着莉雅参加克里斯多夫盛大的生日派对，场上的男人口水几乎都要流下来了。莉雅就是这样的一个人。

“你一定不会相信，我跟莉雅要结婚了。”海珂突然冒出这句话来。吓到我了。结婚？我真的搞不懂，为什么同性恋要跟异性恋做一样的蠢事？当然，结婚有它的好处（如果仔细想的话），但如果不想有孩子的话，为什么要结婚呢？是因为两个人老了可以在加护病房互相探视吗？

“为什么要结婚？”我小心翼翼地问，“你们这样可以节税还是怎么着？”我又想到了另一个可能性。

“你真的很不浪漫耶！”海珂叹道，“我们才不是在乎那点钱呢！我们是真的彼此相爱，这就是原因。”她停顿一下，然后继续说：“除此之外，我们还想要有个小孩。”一个小孩，海珂耶！是那个曾经把哭哭闹闹的“小恶魔”列为禁忌的海珂。这个海珂现在竟然想要有个小孩？哈！这真是个再稀奇不过的新鲜事了。

“恭喜你啊。”我说，不知道这是不是个适当的回应。

“谢谢。”她笑着补充道，“哦，对了，到时候我可能会需要你的帮忙，毕竟你在这方面有经验。”这句话听起来怪怪的。这是什么意思？她是想问我，能不能替她怀孩子吗？当代孕母亲？嗯，如果说是对最好的朋友，这应该算是小事一桩。怀孕嘛！腿会水肿，残忍的阵痛，用力挤个几下孩子就出来了。这就像你减了好几个月的肥，然后瘦到别人身上是一样的道理。

“我应该替你怀孩子吗？”我有点惊讶地问，我希望我听起来不会太错愕。

“才不是呢，你在想什么啊？理论上来说，那个我们自己来就行了。”她安抚着我，“但我跟莉雅都不想怀孕。”

我现在应该担心亲爱的朋友的生物知识吗？小心地告诉她蜜蜂采花蜜受孕的故事？

正当我想提问，并且想跟她娓娓道来时，她接着继续说：“我们觉得精子捐赠有点蠢。虽然雨果很乐意帮忙，但我们总觉得这个方法不太适合我们。”也住在慕尼黑的雨果是海珂很信赖的朋友，他有家自己的美发沙龙，是个丝毫不隐藏自己身份的男同志。他甚至认识名发型设计师乌夺•华尔滋，以及同性恋者的柏林市长沃维莱特。

“那你们打算怎么做？”我的问题可能显得有点天真，但这应该算是正常反应吧。

“我们想要认养一个孩子，就像那个男歌手派翠克•林德纳和他的前男友一样。因为两个人已婚的状况要认养小孩比较容易，所以想先结婚。”

“哇！”我说，因为我想不到还可以说些什么。

“这真是个大新闻，你竟然等我跟你抱怨完了跟克里斯多夫的事才肯松口。真是令人不敢相信，我的朋友要结婚了。”

“这到底有什么好惊讶的？连你也结婚了。这本来就是我们这个年纪该做的事嘛！”噢，这句话相当失礼。海珂对同性恋的话题总是有些敏感，我真不该说出这句蠢话的。

“我很替你们高兴。”我赶快又补一句，这也是事实。

她是我的最佳死党。她刚开始这段恋情时，我有点小吃醋，感觉我的朋友被别人抢走了。那时海珂安慰我：“你是我最要好的朋友，而她是我的恋人。这是两码子事。”好吧，反正通常她说的话都有道理。更何况，莉雅跟海珂两个人相互真心以待。在一段感情里能够做到如此，夫复何求。

“我们会在两三个月后结婚。你愿意当我的证婚人吗？”海珂说道，没有跟我计较刚刚我嘴笨说错的话。

“我的荣幸。”我回答她，而我也打从心里这样觉得。

我已经可以预见我在户政事务所里红鼻子红眼睛的模样。我是个非常容易感伤的人，不管是婚礼还是丧礼，安德蕾雅•施耐德都很爱哭。

“不要再为你家那口子的事而不开心了，他一定会比你想的还要更早回到家来。”海珂又转到我们最初的话题上。

“我也很希望是这样。”我结束了对话，并且向她保证，明天从劳工局回来后会再打给她，向她报告一切细节。她也向我保证，过几天会再告诉我有关婚礼的细节。我再次告诉她，她要结婚了，我有多替她高兴。我们相互道别后挂上电话。

能有死党真好，但是慕尼黑真的是好远的一段距离。不要不知足，施耐德，我警告我自己，有些人甚至连最好的朋友都没有呢！我只是觉得，要是三不五时可以去好朋友家喝咖啡聊天，不知该有多好，尤其是在现在这种状况下。

还是没有克里斯多夫的消息，这头顽固的公羊。不过这样也好，我原本后悔的感觉已经转变成一股怒气。该死，我忘了问海珂，她说孩子的部分，我到底可以帮她什么忙。我又拨了一次电话给她，没人接。好吧，看来我得先压抑住自己的好奇心了。

Chapter3

女子中学 VS 混合中学

一个上午就这么过了，我根本什么都没做。再过半个小时我必须把马克从幼稚园接回来，读四年级的女儿克劳蒂亚，也会在一个小时后放学从学校走回来。很多妈妈们都开车去接她们的女儿，尽管距离根本一点都不远，她们是怕危险。我以前也都是自己走路去学校，不觉得这对孩子有什么不好。报道不是常在说，要多让孩子动一动吗？当然，有时候我也会对此产生质疑，尤其当报道上出现小女孩被诱拐或性侵犯等令人惊恐的标题时。但不管怎么做，还是不可能有完美无缺的保护系统，人生不可能完全没有风险，而且克劳蒂亚都不是一个人，这条街还有另外两个小朋友陪她。

例如塔玛拉那个资优生儿子爱密尔。很遗憾的是，因为他优异的天资，他必须重念一次一年级。这是塔玛拉的说法，爱密尔觉得老师对他的要求太低，所以他不想委屈自己，所以现在爱密尔跟克劳蒂亚同班。

爱密尔是个特别的孩子，他喜欢打人、拧人，但他却可以解释黑洞及爱因斯坦的相对论，也许他的聪明气息可以感染我们家克劳蒂亚，克劳蒂亚不是这种聪明过人型的孩子。

好啦，我们是还没让她做过智力测验，但到目前为止，我看不出来她有任何高智商的可能。再者，应该也不会有人想去做那种测验让自己丢脸吧。如果有人以为自己的孩子是资优生，然后去心理咨询师那儿做了测验后，结果出来竟然只很幸运地达到一般智力的平均值，那多尴尬啊！这种事还是不知道的好。

克劳蒂亚不是特别喜欢爱密尔，因为他总是一直挖鼻孔挖个不停。

“他好恶心噢。”克劳蒂亚说，我完全赞成她的话。她不想跟一个爱挖鼻孔的人一起走去学校。

“那你不去看不就得了。”我告诉她，“又没要你嫁给他。”结婚这个字眼对克劳蒂亚来说比挖鼻孔要更恶心，光是这个想法就让她直打哆嗦。看来这个年纪的小女孩早就被植入对婚姻反感的自动系统了，就像是本能性地自我保护。但是到了什么时候，这样的天性就消失了呢？

尽管她出于本能的反感，她还是跟爱密尔一起走回来。塔玛拉也坚持爱密尔跟克劳蒂亚一起走回来。爱密尔跟我女儿的“兴奋程度”一样，两个人无精打采地缓缓并肩走来，那可怜又沉默的样子看起来像是对被迫结婚的夫妻一样。

“你们俩走在一起都聊些什么呀？”有次我问克劳蒂亚，然后她望着我，好像我头脑有问题一样。

“我没有跟爱密尔说话啊。”她回答，好像那是个很病态的主意似的。

“如果我去新学校，我还需要跟笨蛋一起走回家吗？”克劳蒂亚隔三差五就会问这个问题。

“不会，应该就不会了。”我通常都这样回答，因为在选好学校后，聪明的小爱密尔就会踏上另一条与我们家克劳蒂亚不同的路。

说到选学校，这可是件令我们做妈的整天都操心的事呢。最晚从孩子三年级时就开始担心了。“你孩子要去念哪间学校啊？”常常都会有人这么问。这段期间我当然也被这样的气氛所感染，一直在想这件事。就像是在流行服饰界里常被提到的“必备款”一样，如果你有孩子的话，这个话题就像是“必备款”，没有是绝对不行的。

在我们住的这个地方，小学往上升后就没有学校了，所以孩子们必须搭电车或公车到附近其他地方就读，当然，这不会是选择学校的主要考虑因素。以交通便利度做为选择学校的标准当然很合逻辑，但也太过随便了。孩子们有适合他们的学校，但问题来了：是要让他们去职业中学还是一般中学呢？或者是综合中学？现在的孩子们都会由老师来建议，告诉他们什么学校适合自己。

克劳蒂亚是个好学生，她不是资优生，但是个守本分的学生。除了数学跟宗教课以外，她全都拿2①，没有一科不小心滑到1去，也没有任何一科不及格。

她数学方面的缺陷应该是遗传到我，她的老师说她应该去上一般中学，基本上我和克里斯多夫都对此表示同意。好在我们的意见跟老师相同，因为跟老师的建议唱反调是需要勇气的。如果负责的老师觉得孩子应该去职业中学，然后家长却说："我觉得我的孩子应该去念一般中学。"这样太累了。如果要解释清楚，又会展开一阵唇枪舌战。

到底要去哪间学校？我在这方面是个很实际的人。为什么不选择离家最近的学校呢？这样不是最方便吗？如果是这样的话，那同时有五家学校在我们的考虑名单上：一家女子中学、一家混合中学、一家文科中学、一家综合中学还有一家国际中学。这个方法并没有让选择变得更容易。

"最好是让我们的女儿跟她的女生朋友们去念一样的学校，这样她会觉得比较自在。"我对克里斯多夫这样说。

对我天真的想法，我老公只能摇头："我们现在讨论的不是自不自在的问题，而是我们女儿的未来。"他用背

---

①：德国成绩分1～5五个等级，1是非常好，相当于优等，2是好，相当于甲，3是尚可，相当于乙，5是不及格。

负国家重责大任的语调说，然后跟我解释，为什么我们应该只考虑国际中学。

“面对未来强大的竞争力，我们当然应该让女儿在双语的环境中成长。”他接着发表了一个以全球化为题的小型演讲。

我觉得这根本就是无稽之谈。光是考虑到经济因素，就已经知道这是不可行的了，我们根本负担不起国际中学的费用。上国际中学一个月就要花费一千五百欧元，如果要供我们家小姐上国际中学，剩下来的家用就只够我们吃吐司还有面条来过活，这根本就不可能嘛！而且，为什么要让孩子在双语的环境中长大？这对家里说两种语言的孩子才有用吧？例如妈妈是英国人，爸爸是日本人的孩子。但我是黑森邦来的，克里斯多夫也是啊！或是那些有计划只是在德国短期居住，然后会去美国久居的家庭，像是外交官或是政治家的孩子，还有大公司总裁的小孩，他们每两年就会换一个国家居住。对来自这些家庭的孩子而言，去念国际中学才有意义嘛！这对克劳蒂亚有什么意义？在一般中学里不也学得到英文？

在实地造访了国际中学后，克里斯多夫才整个清醒过来。我们是在学校开放日时去的，克里斯多夫在停车场时就已经惊讶到连嘴都要合不起来的地步。放眼望去不是体型超大的休旅车就是跑车，完全没有像福斯或是福特这种等级的车子。

克里斯多夫那台令他骄傲的小 BMW，看起来像是出现在错的电影场景里，或是像那种“寻找错误”游戏图片一样，要大家找出哪辆是不属于这里的车子，正确答案是：我们家这台唯一价值十万欧元以下的破车。他眼红得不得了，差点就充满敬畏之心地去抚摸停车场上的几台车子。

再说到那些出席的家长，都是同副德行：时髦，从身上的行头都可以看出他们的身份。Prada 的包包、Tiffany 的首饰，男生穿着 Ralph Lauren 的衬衫，在这个别具一格的世界里，钱不是问题，但同时却也是最重要的问题。

当两个坐在我隔壁的妈妈在讨论她们在坎城游艇停放的问题时，我就清楚地了解，这个世界跟我们相连式住宅的世界是不能相提并论的。我不想让我女儿在这样的环境里成长，这样的世界不存在于我们的三房住宅中。

我们很快地悄悄从学校逃离，克里斯多夫也终于理解整个状况。尤其当我算给他听，如果他儿子以后到了选学校的年纪也“比照办理”，一千五百欧元乘以二，那就会是三千欧元了。

“你有办法一个月光是为孩子的学费就拿出三千欧元来吗？”我问他。

“就算我有能力，我也不想给孩子像这样的环境。那种感觉就好像一个足球选手连市队都没进，就马上让他进入国家队一样。这样对孩子不好。”克里斯多夫回答。

很好，我们达成共识，也省了三千欧元，太棒了。

这样的话，五家学校里还有四家可以选：女子一般中学，混合中学，文科中学还有综合中学。克里斯多夫反对综合中学。

“如果她有能力进一般中学，那为什么要让她进综合中学，让她跟那些没资质进一般中学的人一起上课呢？”这是他反对的理由。这个理由听起来不怎么样，但是在情绪上的表达已经非常清楚了。

我个人反对文科中学，理由也是有点烂。我不喜欢拉丁文，曾经被拉丁文搞得很惨，古希腊文也没学得多好。虽然对普及教育而言，这两个科目都很棒，但我觉得，就算没有学过拉丁或是古希腊文，也是可以有不错的成就。

文科中学现在很流行，大家都想去，但私底下文科中学并不是真的那么重视学生们的语言能力，而是更注重保守的价值观。家长以为，会把孩子送到文科中学的父母，都有一定的教育水准，所以他们认为文科中学的环境很好。就算这个理论成立，把孩子送去，让他们被拉丁文还有希腊文整惨，这个代价未免也太高了，至少我个人是这样认为。如果我们现在已经知道克劳蒂亚以后想当个神学家的话，那情况当然另当别论。不过我们也不用操这个心，因为她的宗教课成绩拿 3 已经说明了一切。所以我们目前还剩混合中学跟女子中学两个选择。

我建议还是问一下克劳蒂亚的意见。最后出乎我们意料之外，她想要进女子中学。我暗想，她八成是因为知道那个爱挖鼻孔的爱密尔再怎么聪明也进不了这间学校，所以才做了这个决定。我也不确定这点应不应该成为选择学校的关键。我只知道，一个还没满十岁的小女孩做的决定不应该和男人有关。

我们决定女子学校和混合中学都去参观。女子学校比较小，一目了然，然而天主教的气息也十分浓厚。这也难怪，因为这是所私立的教会学校。这点并不会特别吸引我，因为我跟教堂完全绝缘，他们觉得女生该有的样子，在我身上是绝对找不到的。

在女子学校必须参加面谈，他们不会将每个报名的学生都录取。私立学校可以自己挑他们想要的学生，除了成绩要合格外，孩子必须要受洗过。

无论如何，我们得到了一个和校长约谈的时间。这女子学校的头头是个男的，很怪吧？学校里全是女孩，但却被一个男人统治。但他为人还颇亲切友善的，最起码在刚开始的时候是。校方提供了冷饮跟饼干，克劳蒂亚十分紧张。

“就像平常一样表现就好了，亲切一点，他们就会收你。”我让女儿在关乎她未来的面谈前有个心理准备。

我们的儿子马克也必须跟着一起进去见校长，虽然他日后不可能进这间学校——除非他决定在几年后去变性。

“我们想要认识全家人。”秘书在告知面谈时间时说道。

可惜克里斯多夫没法来，“你们自己可以搞定的啦！”然后简洁地补充：“我怎么可能在正常工作日的下午，只为了一个学校面谈就从公司开溜？”

“痛耶！你很烦噢。”克劳蒂亚在快轮到我们面谈时骂他弟弟。

“如果我乖乖的话，我可以得到什么礼物？”他已经开始进行奖赏的协议，才上幼稚园的孩子就那么精。

整个状况真够诡异的了，克劳蒂亚在我开车到学校的路上狂梳她的头发，好像有了漂亮的皮毛就能讨校长欢心似的。我把我最经典的行头给搬出来，深蓝色的长裤套装，再配上一件蓝色的衬衫。将在学校进行面谈这件事，除了马克外，我们都很紧张，像是迎接什么大事情一样。但是，如果我出马，我就想要赢，当然在这里也不例外。我希望这个校长会跟我们说：“您的女儿当然可以前来就读，这是理所当然的，施耐德太太。这是我们的荣幸。”然后我们还是可以说：“不了，谢谢。我们另有打算。”

他跟我们打了招呼，然后我们就在小角落的位置坐了下来。他以问我们一家之主的事当做开场白。

“除了工作还是工作。”我回答。为了强调，我还特别提到了一个重要的诉讼案。我也不知道这样说对不对，但当做是借口倒是挺好的。校长李欧波尔德·克奴斯喀博士表示了解。

“好吧，那我们就开始吧。”他为面谈揭开了正式的序幕，“你为什么会想来我们这个美丽的学校就读呢？”他问克劳蒂亚。

“因为这里不会有男孩进来念。”她毫不犹豫地回答，简单精确又明了。

“你不喜欢男生呀？”他接着问。

“不喜欢。”克劳蒂亚回答得很大声，大声到在学校前庭一定也听得到。我赶紧插进来，说了一堆什么根据研究，女孩要是念女子学校，自然科学会学得比较好，特别是她们可以不受拘束，尤其学习也比较不会被打扰之类的话。他点头，对于这样的研究，相信他懂得一定比我多吧。接着他想了解我们在宗教方面的活动。

“克劳蒂亚，”他又起了个头，“你们喜欢去教堂吗？”

在她回答之前，她弟弟大声叫道：“不喜欢，那好蠢。”克劳蒂亚傻住，因为她想象得到，这绝对不会是校长李欧波尔德·克奴斯喀博士想听到的答案。

她小小声地说：“我是很想去，但我爸妈老是都睡到很晚。”

太好了，她竟然把球踢到我这里来，而且差一点就出局了。棒呆了，我知道，我必须想办法摆脱这个困境。校长先生已经朝我这儿看来。我有点尴尬地笑着，然后感觉到我的脸整个胀红起来，就像个八岁的孩子说谎被抓到一样。

“呵呵，”我试着发挥我的魅力打圆场，“这是有原因的，因为我们每次到周末总是特别地累。”对于我的回答，校长只是严厉地打量着我。

“这也是你宗教课拿 3 的原因吗？”他继续往下挖。克劳蒂亚悲伤地点着头，像个每星期因为父母的贪睡而被强烈阻止进教堂大门的小可怜虫似的。

我急着想，要怎样可以再获得好印象。“我先生以前当过弥撒辅导员。”我打出王牌，一张假的王牌，因为一时我也想不到其他的。这不是真的，无论如何他从没说过他有当过弥撒辅导员的事，但反正应该也不太可能会有名单可供查证。

校长克奴斯喀博士并没为此受到太大的影响。接着他想知道我对这次教宗选举的满意程度。我知道，我当然可以大咧咧地告诉他，我根本不在乎到底是哪个老头最后胜出，但是我好像在哪有看过报道，说是教堂里有部分激进人士是支持一个南美洲人的。

“我本来是希望那个南美洲人能得到这个职位。”我试着给一个听起来聪明的答案。教宗大选真的不是个令我太舒服的话题。

“是啊，这见仁见智。”他结束了这个话题，我觉得他听起来并不像赞同我的说法。

“数学似乎不是你最喜欢的科目？”他开始第二轮的提问，并且充满期待地看着克劳蒂亚。

“嗯。”她回答。平常她是非常健谈的，但在这里她只回答最必要的问题，不管怎么样，她还是都会回答。

“她的德文非常好。”我试着让状况可以平衡一点。我的老天，我干吗那么巴结啊？我真想跟他说：“算了好了。”

然后走人。但看到我紧张的小女儿，我知道她非进这间学校不可。好啦，我豁出去了，虽然我觉得这个面谈让人一点也不舒服。

“她的德文非常好是吧？哈！”校长先生咕哝着，接着从一个资料夹里拿出克劳蒂亚的成绩单，“我想，说她的德文好，而不是非常好，跟事实应该比较相符吧。”哦，我的天啊，他真是只自以为是的猪。我想离开了。他接下来是不是想问我们，我们有没有避孕跟如何避孕的？

“您有在做社区服务吗？”省下了避孕的问题，克奴斯喀博士问我。

“有的。”我试图争取一些时间。

“我不是特别喜欢谈这个，因为我觉得这是再自然不过的事情了。我会照顾年纪比较大的邻居，尤其是老奶奶，会邀请她们来家里喝杯咖啡还是什么的，或者是陪他们去购物。”我希望安妮塔跟塔玛拉能原谅我在这非常时刻里撒的小谎。安妮塔是真的比我大，塔玛拉也比我大了半岁。而且她们也是常来家里喝咖啡了。再说，她们是我们的邻居也是事实，偶尔一起购物也不是没有。克奴斯喀校长应该不会无聊到真的溜达到我们那条街上，只为了查明真相吧？

“老人尤其需要谈话的对象还有温暖的关怀。”我天花乱坠了一番，“这就像是邻居的互相帮忙而已。”他点点头，看来他似乎上钩了，我真替我自己觉得骄傲。干得好啊！施耐德，我才这么想，问题又来了。

“那……施耐德太太，如果可能的话，请问您有意愿为校园做点贡献吗？”他满心期待地瞅着我看。

“要我教课吗？”我手足无措地问。

他微笑以对，“不是的，教课我们有专业人士，但是我们可能会很需要人手在餐厅、图书馆还有花园帮忙，因为学生的学费只有能负担我们最基本的支出。”原来学校餐厅还差我一个去帮大家涂面包。反正我现在又不用签什么合约，什么都可以答应。如果他收了我女儿，应该不可能再把她踢出学校，只因为她妈没定时在餐厅里劳动吧？

“我先生很喜欢园艺工作。”我试图将克里斯多夫也拖下水。

“这样啊，有意思。”克奴斯喀先生回答，然后继续说，“我们保证，这里绝对不会有缺课的情形。”我不清楚花园里的工作跟缺不缺课有什么关联，或许校长先生只是想再打出一张王牌吧。私校终究是要交学费的，他当然要能提供一些比别的学校更好的条件。

“太棒了。”我说，然后心里一边想着，如果我是学生，我不可能对保证不会缺课的事感到满意吧。但对于身为家长的我，这倒是个很有说服力的说辞。

我们终于可以离开了。“我们会再通知您，请您不要自己打电话过来，我们会主动告诉您我们的决定。”克奴斯喀先生说，接着马克说：“我们到底可以走了没？”策略上来说，这不是个太好的结尾，但是完全可以理解。他迅速地从盘子上又抓了满满一手饼干然后走向门去，当然，连声礼貌的“再见”或类似的话都没有说。为此，我女儿在校长前行了个屈膝礼。可惜我没把相机带在身边，我从来就不知道，克劳蒂亚竟然会知道怎么行屈膝礼？我的老天，真丢脸，这一切真的是太夸张了。

在离开前我往他的办公桌瞥了一眼，一张很大的镶框相片，不是什么克奴斯喀全家福，而是校长先生克奴斯喀跟教宗的合照。这真是太棒了，那我先前说的那个有关南美洲人士的见解，一定大有帮助！

我们开车去冰店。我觉得我们应该好好奖赏自己一番。克劳蒂亚现在想知道，她到底进不进得去这间男生绝对进不去的学校。

“我不知道耶。”我老实告诉她。

“如果我不能去读的话，那都是你害的啦。”她对着她弟弟哀号。

我试着安慰他们：“没人有什么错，有很多女孩都想进那间学校，他们也不能录取每个人啊。我们就先等等看。”

“都是因为我们没去教堂啦。”克劳蒂亚嘟哝着，“我从现在开始都要去教堂，这样我才可以进这间学校。”

“如果你一定要的话，那就叫爸爸陪你去。如果这间学校不行的话，那你就去另一间学校。”

她哭了起来：“我不要去那间啦！爱密尔也会去那

儿，然后我永远都得跟爱密尔一起去学校。”

“没人一定要你这样做啊。”我对她说，尽管我也不知道这样的说法跟事实会不会相符，但当务之急是先让情况缓和下来。

几天后我们在学校开放日驱车前往混合高中。这次是真的只有单纯地参观，我们不必再去校长室回答问题，我个人还是比较喜欢这样。除此之外，几乎跟之前大同小异，只是这间学校大了点。

“另一个学校漂亮多了。”克劳蒂亚心不甘情不愿地说。

“这间也很漂亮呀！”我充满热情地回答，为日后可能遭女子中学拒绝的状况铺路。

克劳蒂亚远远地就看到她的天敌：塔玛拉，她的先生史提维，还有那个资优的挖鼻孔小子正越过学校中庭向我们走来。

塔玛拉向我们招手：“怎么样，你们也喜欢这间学校吗？”她兴奋地问我。

“是啊，蛮好的。”我一边说，一边观察我那看起来像尊石雕的女儿。

“爱密尔要念这间吗？”我尽可能地用很顺便的口气问。

“可能吧。”爱密尔的爸爸史提维回答我的问题，塔玛拉反问我：“那克劳蒂亚呢？”噢，她踏进警戒区了。我真想老实告诉她：“克劳蒂亚要去哪其实都可以，重点是只要你们家爱密尔绝对不会出现在那里就行了。”

“看情况吧。”我给了一个可能性广泛的答案。

“如果爱密尔不来念的话，我就念。”克劳蒂亚这回不是含蓄地表现她内心的感受，而是让我觉得丢脸地大声说出她的内心话。她真的是固执到不行。但爱密尔看起来好像一点也不受她的话影响。

塔玛拉笑着说：“是啊，我们爱密尔差不多也是这个意思，他也只想去你们女儿不会去的学校。”

“在乱说什么啊。”我老公笑着说，他根本什么都不了解。“打是情，骂是爱嘛。”这句话本来是该让当下的气氛缓和一点的，但却彻底地失败，他不说还没事。

有的时候如果搞不清楚状况，最好还是把嘴给闭上。克劳蒂亚现在看起来好像是在思考，是要杀了她爹还是当场吐给大家看。

“我是绝对不会去他要去的地方。”从她的嘴里清清楚楚吐出这几个字，而且她还怕大家搞不清楚她指的是谁似的，用手直勾勾地指向爱密尔。

他终于把手短暂地离开他的鼻孔，然后指着克劳蒂亚，“我也不要跟这只大蠢猪去一样的地方。”

现在克里斯多夫终于搞懂了，这两个小鬼之间的关系，跟他那“打是情，骂是爱”的理论一点边也搭不上的。“再看看啰！”他说着又麻利地拍一下史提维的肩膀，一副那种：他们之后会好的啦，好伙伴，我的女儿一定不是那个意思。

史提维也笑着说："反正爱密尔本来就不该来这里，因为他资优的关系。"这下子最起码知道爱密尔的天赋异禀绝非遗传他爹，因为跟史提维相较之下，他儿子才显得比较精明。不管怎么样，如果爱密尔的爸妈给他选间别的学校，我会很开心。因为我的直觉告诉我，女子学校的结果应该不太妙才是。

要不是因为克劳蒂亚，我老早就想放弃了。我猜得没错，那间女子学校在面谈后两周寄来了一封拒绝函，克里斯多夫严重受创。

"这家伙在想什么啊？"他边看信边抱怨。

"他一定可以自己挑，而且他八成比较喜欢会上教堂的人，或是数学成绩高于3的女生，要不就是整天唱圣歌颂扬教皇的妈妈们。"我表达我实际的看法。

克里斯多夫气自己当时没能在场，而这又惹恼了我，好像是我把面谈给搞砸似的，他以为若有他在场事情一定会改观，我觉得他把错都归在我头上。自己的亲骨肉被拒绝于门外这件事让他极度不平衡。

我灵机一动想到可以打电话给薇芮娜，她先生是那间女校副校长的弟弟。但薇芮娜并不在我要好朋友的名单上，她充其量只是以前在公园游戏区旁认识的熟人，而之所以会认识她是因为她儿子托尔本在公园玩的时候拿铲子打我女儿的头。

听到我脱口而出的鸟主意，克里斯多夫的眼睛顿时亮了起来。

“打电话啊！现今这个社会就是要靠关系。”我这个白痴，干吗多嘴。

“我跟她又不熟，这样很尴尬耶！”这下子克里斯多夫可真的觉得我是白痴了，“什么尴尬，关乎我们女儿的未来耶！没什么好尴尬的。”他叹道：“要是我认识她的话，我早就在讲电话了好不好。”我懒得再解释我们的认识只不过是因为在公园游戏区的不期而遇。

“我明天打。”为了争取多一点的时间，我说。其实我连薇芮娜的电话都没有。

我当然也可以打给贝琳达的妈妈娣亚，贝琳达是克劳蒂亚幼稚园时的好朋友，但她们已经失去联系很久了——当然我跟娣亚也一样。娣亚把贝琳达送到森林小学念书，她觉得一般小学不适合贝琳达。这在当时对两个小朋友而言是十分难过的一件事，我倒觉得没什么大不了的。

娣亚十分严格，是个十项全能的母亲。不管是谁，在她旁边都会显得十分地笨拙。不管是餐巾艺术、折纸还是做戏服，娣亚没有一样不行的。任何女人在她身边都显得懒散无用，像是个平凡得不能再平凡的母亲。

“既然要做，就好好地做！”这是娣亚的座右铭，她觉得要是决定为孩子付出，就应该全力以赴，然后超越自我。这对我来说，听起来像是把自己当做祭神的羔羊，抱着牺牲必死的决心。

我这个懒散妈咪与她这个勤奋母亲的差距可大着呢！娣亚哺乳的时间不是几个月，而是好几年。如果跟我说贝琳达现在晚上还偷偷地吸上几口妈妈的奶，我是一点也不会感到惊讶的。娣亚会的不只是烤蛋糕，而是精致的糕点艺术。想到她就让人感到沮丧。

尽管如此，我还是打了电话给她。当然，大部分的原因是出自好奇啦！还有想到孩子们很久没见面了，也有点可惜。我可以邀娣亚来家里喝咖啡，当然贝琳达也一起来，然后顺便打听看看薇芮娜都在做些什么。对了，还有娣亚的先生毕由斯。他当时跟那个单亲的发型师绿蒂雅的关系有点暧昧。

我最后一次从娣亚那里听到的消息是她生了一对双胞胎，两个男孩，马克斯与莫瑞兹，然后搬到森林小学的附近（虽然只隔了两个小村，但这样的距离对当妈的来说已经是该死地远了）。况且我们一直以来都只是因为孩子的缘故而有联系，再加上我们的教育观点相差太多，自然越来越少联络。

“我会打电话给娣亚，向她要薇芮娜的电话。”我告诉克里斯多夫。

我真的没兴致在二十年后还听他在那里说：“如果你那时肯打个小小的电话，克劳蒂亚的人生就会完全是另一个样子。”男人会忘记一些纪念日，甚至是生日——但像接到被拒绝的电话这样的小事，他们可能在得了阿兹海默症后都还记得，男人的记忆力是有强烈选择性的。

其实他自己也可以来打这通电话，毕竟跟克奴斯喀校长的面谈已经让他逃过一次。我现在可以把握这个机会好好来骂他一顿，克奴斯喀不会喜欢一个对这么重要的事也不抽出时间的父亲。虽然这跟事实不一定相符——我觉得，那个克奴斯喀根本不会去在乎像这样的问题，但是只要这样的想法可以激起克里斯多夫那么一点点良心不安的感觉就够了。我不得不这样做，因为有人分摊，罪恶感会少一点。

我最后还是不跟他计较地自己拨了电话给娣亚。电话响到第七声她才接起来。她旁边听起来闹哄哄的，背景像是在民俗庆典上。

“谁啊？”为了对抗高分贝的嘈杂声她大声喊着。

“我是安德蕾雅啦，安德蕾亚·施耐德。”我叫回去。

“啊，是安德蕾雅啊，怎么啦？”她一如往常兴奋地回应。

“只是打个电话给你啊，看看你好不好？”我开了个头。我差点就要脱口而出，我其实只是想向她要个电话号码，其他的我根本就不想过问，但礼貌上还是得哈拉一下。

“你别生我气，”她回答道，她身旁的喧哗声让我想到即将展开的掠食性动物的喂食情况，“现在真的是不太方便，两个男孩得了风疹，然后贝琳达又在旁边发疯，把大家都搞得很烦。”刚才这些话都是出自于那位超级妈咪的口吗？太酷了，她以前从没讲过类似的话，也从未用这样轻蔑的口吻说她那个天资聪颖过人的宝贝女儿。

“没问题。”我马上表示可以理解，“那你什么时候比较方便？”

“其实我只有在晚上比较晚的时候才有时间，但那个时间我最好还是睡觉的好，这样隔天我才挺得住。”她叹了一口气。

我的老天啊！她一定是经历了什么才变成这样，现在换成我对这场对话充满兴趣了。我很替她感到遗憾，但在暗地里又觉得她说的那些话让我感觉好很多。

“放轻松点，”我用她以前最常用的台词对她说，“我明天找个时间再打给你。”

“好，”她说，“拜啦。”哼，速度还真快，我觉得自己活像个大家都想躲避的拉保险大婶。但我该做的真的都做了。

“明天我就会有薇芮娜的电话了。”我把这个消息告诉我家老公。

“很好。”他只这么说道。要是他的反应再兴奋热情一点，我会更高兴的。无论如何，该做的都做了。我们一起思考，想着该如何告诉克劳蒂亚这整件事。他倾向拖延战术，“反正还有时间，我们没有必要去影响她的情绪。”由于我自己也没兴趣听她在那里呻吟，于是我也同意了这个方案。

几天后我们得到了一个“好”消息。我们在克奴斯喀校长的候补名单上。如果有人放弃或是搬家什么的，我们就有递补的机会了，校长先生人还真是“慷慨”啊！我真想打个电话给他，叫他把候补名单塞进他屁眼里算了。

克里斯多夫还觉得这根本是个天大的好消息：“你看，还好我们聪明，什么都还没跟克劳蒂亚说。她或许还可以进得去，还好我们没有让她受到不必要的惊吓。”

可惜克奴斯克没有顺便告诉我们候补的顺位。有多少人在候补名单上？候补所依据的条件是什么？种种问题让我觉得这一切好像在耍猴戏。还好我们已经得到混合中学的同意入学通知了。

“让她去念混合中学，”我这么觉得，并且也告诉克里斯多夫，“我才不要低声下气地去求那个让我们女儿排在候补名单的白痴呢！我们应该打个电话过去，展现我们最后一点尊严，告诉他我们决定放弃。”

克里斯多夫觉得我疯了：“根本不会有人在乎她到底是用何种方法进到这个学校的，当然我们也别跟她说，她现在只是在候补名单上。”这件事情就此决定了。

Chapter4

状况百出的同学会

哦，我的老天！我得去接马克了。我拿了钥匙，加紧脚步走向我的车。再过四分钟幼稚园就要关门了，但从家里过去的路途却要六分钟。当然啦！这六分钟包括等红绿灯的时间，所以还有两分钟的弹性时间。真该死！我一定可以在五分钟之内赶上的，这样一来又可创下我个人的时限新高。

在幼稚园前我差点跟一个长得像我八年级地球科学老师吉尔斯特曼的家伙迎面撞上。距离我上回见到他已整整一年了。并不是我私下有跟以前的老师见面（听说真有这样的人），而是因为我们的同学会。我记得十分清楚，虽然都已经过了一年多了。

“绞肉密希”打了电话给我。绞肉密希跟我念同一所中学，我们会这样叫他是因为他的父母拥有一家肉铺，然后他总是想把他们家的绞肉面包当做泡妞利器。几年后我因为生产在医院又遇见他，他恰巧是我的医生。如果角色对调我会比较高兴，绞肉密希是那种不会让人在下半身赤裸的状况下想与他见面的人。但光是他能从医学院毕业，就够让人觉得惊讶的了，因为在学校时，他的才智一点也没有锋芒毕露的迹象。也是因为他的缘故，我心目中医生的形象又稍稍下滑了点。

我的朋友莎宾娜当时疯狂地爱上绞肉密希，当然有很大部分是因为他是医生，莎宾娜光是看到医生白袍就两眼发直了。可惜后来绞肉密希还是为了一个很年轻的护士甩了莎宾娜，根据绞肉密希的说法："她对他的事业比较有帮助。"

这件事让莎宾娜很伤心，一直到今天我还是搞不懂，但绞肉密希应该有他迷人之处吧？只是我们在学生时代丝毫没有察觉出来。莎宾娜曾在几杯红酒下肚后，将他比喻为未经琢磨的钻石。

"他是个很特别的人，而且生气勃勃。"她那时喃喃地说道。如果直接把她的话翻译成白话，意思应该是："他在床上是一条龙，坚挺又持久。"为此莎宾娜有好几个礼拜难过到无法自拔。

撇开莎宾娜继续回到绞肉密希打来电话这个话题。"安德蕾雅，又到了同学会的时候，四个星期后的那个礼拜六要记得空下来哦!整个年级的人都会来,一定很酷。”

我在电话里就已经决定好,我是怎么样都不会去的,但还是跟绞肉密希假惺惺兴奋地说:“太好了,密希(我每次都要很小心,生怕‘绞肉密希’这几个字会脱口而出),我真是太开心了。如果我挤得出时间的话,我会去的。”我不喜欢同学会,倒不是我好奇心不强的关系,而是因为我的中学时期。

我从来就不是那种善于发号施令的人,而是属于比较随波逐流的类型,是那种希望别人要么就别理我们,不然就偶尔也对我们释出一丝丝友善的那种人。我从来没当过班长,连副班长都没当过。我的印象里,好像也没有人在班级选举中提过我的名。

我并不显眼,相信就算哪天我突然没出现,也不会有人发现。或许我说得有些夸张,但在我的记忆里,中学时期的确不是一段让我特别想去回忆的时光。所以在中学毕业后,我也没有跟任何同学联络。

在同学会中最怪的是,不管你想不想,你就是会莫名奇妙地又重回当时所扮演的角色。不管多努力想对抗,我永远都是当初八年级那个个子又小又苍白还戴着眼镜的施耐德。光是想到这个,就觉得还是别去的好。

长话短说,我最后还是去了,单纯是因为好奇。虽然我事先已经用过各种方式,希望能够尽可能在不出席的状况下得到重要资讯。我真的打了电话求我两个女生朋友，拜托她们在同学会后可以提供我一些八卦消息，可惜我还是碰了壁。

“哈！”卡洛琳娜对我说，“你脑筋倒是动得挺快的嘛，施耐德。不来的人，休想得到小道消息。”

我早应该料到她会是这个反应。以前在学校的时候，她就不让别人抄她的作业或考卷。她还会在她的资料夹旁建起小小的围墙，以防有人抄袭她的绝妙点子。

面对有一头红发跟爆乳（在我们连颗青春痘都还没长出来的时候，她就已经有胸部了）的布莉塔我也完全没辄。

“你有胖到不敢来的程度吗？干吗不来？”她先这样问。她觉得小孩或是时间上无法配合都是借口。

“我有五个孩子还不是照去。你才两个，加把劲应该没问题吧？如果你不来的话，休想我跟你透露些什么。我已经跟卡洛琳娜说好了，她打过电话给我，跟我说你一定会打来我这儿，尽可能地想要逃避同学会。”五个孩子，真是令人难以置信。毕业之后她到底有没有度过一个没有身孕的周末啊？五个孩子，意思就是九个月乘以五。四十五个月的时间将近四年，她有四年的时间都处于怀孕的状态！光是这点就够让我佩服那些多产的女人，因为几年下来，她们必须过着胖到觉得自己没有脚的生活！

在卡洛琳娜跟布莉塔强烈拒绝在同学会结束给我通风报信后，我要不是选择自己去一趟，就是说服自己：“大家都在做些什么，我一点兴趣也没有。”但是同学会里最有意思的就是看看其他人都变成什么样了，会有咸鱼翻身的机会吗？当时的美女现在是不是都变肥了？以前班上最聪明的那几个是不是真的最有成就？尤其我最急于关切的问题是：那个风度翩翩又遥不可及的美男子卢克在做什么？

以前我曾疯狂迷恋卢克，从七年级开始一直到毕业。但很可惜，卢克对我并没有一丝丝感觉。他是个很挑剔的人，他不只跟卡洛琳娜，也跟布莉塔在一起过。跟布莉塔甚至是好几次分分合合（因为胸部的关系，所以一点也不令人惊讶）。

卢克有着一头深色卷发，还有一副令人神魂颠倒的好身材；他抽烟，而且拥有一辆机车，总是带着漫不经心的神情。卢克真是我心目中的是英雄啊！我把中学时代的照片挖了出来，跟卢克的肖像一同度过了二十分钟。他真是人中之龙，就算我现在看到他，我还是会毫不犹豫地选择他。我想，他在中学时期应该从没碰过任何女生的钉子吧？我完全不想知道，除了我以外，他跟谁有过一段。

“这个卢克应该瞧瞧，他在中学时期错过了什么？”我决定要出席这次的同学会，并且在聚会的前两个星期就开始节食。为了那晚我买了一件令人惊艳的牛仔裤，而且还是 29 号的。它有点紧，但克里斯多夫说，它创造出让人为之疯狂的迷人臀部曲线。好是好啊，可是为了这个迷人的曲线，我却得付出呼吸困难的代价——但谁在乎这个？

我挑了一件V领毛衣搭这件牛仔裤，这是为了要制造没特意打扮的效果。首饰我挑了一副民俗风的大耳环，如果被非洲女人看到了，她们一定会羡慕死我。我仔细地上了妆，然后在头上挤了比平常多两倍的定型慕斯，这就是“无”中生“有”的艺术。

我头顶上的皮毛真的是一大挑战，不管怎么吹整、造型，用各种不同的圆梳去梳、把买得到的造型品通通弄在头上，好不容易塑造出来的美丽发型通常在四十五分钟后又会毁于一旦。而且最困难的是，这一切的大费周章要尽可能地不被看出来。所以这算是项艺术工程，要使出浑身解数来准备，却又不能让人看穿，让人觉得自己好像太过刻意装扮。

最后画龙点睛的一步，就是加上件艺术感十足的披风，是那种下面有流苏，然后中间有一个留给头钻过去的洞的披风。如果牛仔裤真的让我喘不过气，我就可以把裤子的扣子给解开，这样就不用担心被人看见了，更何况披风是当时最流行的配件。

当我将自己打点好准备离开时，克里斯多夫有点吃醋。

“是为了谁打扮得那么美啊？”他问。

“为大家，”我回答，“有些账还没算清楚呢。”他们会大吃一惊的，卢克一定会眼睛为之一亮。灰姑娘的故事就要重新被改写了。

我在皮包里(现在最时尚的包包款,可以勾在手腕上的那种)放了孩子们最棒的照片以备不时之需。我妈在看这些照片时还问过我,照片上的人是谁呢!我的孩子很漂亮,这是无庸置疑的,照片上的他们看起来很完美,然而这不完全与事实相符。我也照了我们家的相连式住宅,照片上完全让人看不出来,旁边还与别的房子相连。我还带了一张克里斯多夫倚着他的 BMW 的照片。是的,我知道这很幼稚,心胸狭隘、并且很尴尬——其实是非常地尴尬。但为了充场面这是必要的,谁知道其他人可以从她们的包包里拿出什么来。我不一定要把照片拿出来秀,但是为了能应付各种情况,我必须全副武装。

星期六的晚上在法兰克福的波尔海姆,时候终于到了。

伟大的同学会主办人绞肉密希在波尔海姆租下了一个活动中心,自助餐则由他的父母准备。很多事情是永远不会改变的。我们每个人出三十欧元,餐点包括了猪排,各式各样的沙拉,甚至还有最具传奇性的肉饼,一切都跟以前一样,唯有我们的年纪不如往昔。

到目前为止我是不觉得自己的改变有那么明显,但是一看到旧时的朋友都不再年轻,或多或少还是会觉得自己真的变老了。我们每天看自己都没啥感觉,因为衰老是渐进式的,能让我们有足够的时间去适应。

我到的时候大厅已经半满，我并没有特别准时，也不希望特别晚到来吸引大家注意。就是有人会这样，总是喜欢特别晚到，然后成为众所瞩目的焦点。

绞肉密希简短地致欢迎词，而我却很难专心，因为我旁边站的是布莉塔，低胸的打扮让人很难忽略她的存在。她的领口很低，低到像是可以一眼从胸口望穿到膝盖一样，而她的胸部让人有像莱因霍尔德·梅斯纳尔[1]站在八千米高山前面的感觉。想到这对胸部又被整到那么大，就觉得很恐怖。

布莉塔注意到我的眼神，不需我多问就主动告诉我："我去做的，在生完上个孩子之后。双 D 罩杯。"布莉塔以前胸部就够大的了。真是让人沮丧到家，我低下头端详自己，还真像平坦的莱茵低地啊，还好我有披风可以遮着。

绞肉密希的致词（言谈之中大概提了四次他是医生这件事）差不多接近尾声了，他感谢他的父母，并且祝大伙儿玩得愉快。直到现在，我还是没发现卢克的踪迹，相对地，有一大堆我完全不认识的人。他们真的曾经跟我念过同样的中学吗？

"卢克呢？"我问站在我和布莉塔身旁的卡洛琳娜。

"我想他应该还没来吧。我也很期待，中学之后我就再也没见过他了。"我们咯咯笑着。

布莉塔拉了拉衣服调整一下胸部的位置，散发出诱

---

①：第一个登上十四座八千米高山的意大利人。

人的光芒:“要是他跟以前一样啊，我一定会想办法替自己制造激情的一夜。”要是他跟以前一样,在他第一眼看到布莉塔的胸脯后,一定口水直流,然后根本就不会正眼瞧我们一下。但谁晓得,应该也有在发育期后把胸部排在后面几个顺位，然后觉得光是大胸部无法满足他们的男人吧？只是到目前为止,我没碰到过几个。

卡洛琳娜、布莉塔和我坐在一个长桌旁。卡洛琳娜美丽依旧,纤细高挑(嗯……我们也还没老到那种弯腰驼背的年纪啦!),她的穿着素雅,扎着工整的马尾,头发有着完美的金色挑染,连发根都染得很彻底,耳朵上戴着小小的碎钻,她从上到下的行头看起来就像是用钱砸出来的。鞋子、皮包还有她那件米色毛衣,我敢赌一定是喀什米尔羊毛的。她已经结婚了,先生在做动物饲料,而且还有个什么尊贵的头衔,总之是个贵族就是了。虽然是贵族阶层里最低阶的,但人家起码是贵族。

“如果你们需要便宜的狗食或猫沙或什么的,可以跟我说哦。”她大方地告诉我们。从她的外表看来不难想象,卖动物饲料是个很赚钱的行业。

她自己在精品店上半天的班。当然不是在 Orsay、Zara 那样的店,而是在 Armani。

“我们认识意大利来的 Giorgio，他问我有没有时间跟兴趣去管管他的店。”在 Armani,这真是再适合她不过了,真是令人感动,是 Giorgio 耶!

卡洛琳娜和Giorgio·Armani是熟人，他们到底是怎么认识的?Armani有养宠物吗?他养的宠物有多到需要卖饲料老板的太太卡洛琳娜亲自送货给他？还是他们俩是在游艇宴会上认识的？不是这样就是那样，真是气死人，看来要拼过她是不太可能的了。

布莉塔可没像我那么没志气，“我家那口子在电信局工作，我的同居人。我不太喜欢说这个，因为说了之后通常都会被困住好几小时，不是听大家说电信局遭透了的股市行情就是要听大家抱怨他们服务有多糟。更何况我们家安德烈又不是客服部的人，而是工程师。”她说给我们听。

我们俩对Giorgio的事都没有特别的反应，一副我们也有像Giorgio·Armani这样的熟人似的。不知道我从现在开始是不是可以以平价去Armani购物？如果是这样的话，这次的同学会怎么说都是赚到了。

布莉塔也有个半天的工作，是当税务顾问。“因为孩子的关系，我真的是没办法，等过了十五年左右孩子们都离开家了，我就要去上全职的班。”每当她在说话的时候，她的胸口总会像伴奏般不停地跟着抖动。

我们礼貌性地互相问起孩子的事情。卡洛琳娜没有孩子，取而代之的是两只威玛猎犬。那是种有着蓝色眼睛的超高雅灰色大型犬。她给我们看它们的照片，卡洛琳娜和她的爱犬菲利浦王子与奥得泰男爵夫人，在一座大门的门口，可以看得到在门后面还有一条长长的碎石子路。

“这是我家的入口。”卡洛琳娜向我们解释。我决定让我家的照片就留在它现在的位置——我的包包里。

布莉塔可一点都不犹豫，抽出一大叠的照片，然后开始说：“安娜十二岁、毕雅十岁、克莉丝八岁、达妮六岁，然后这个是爱德华，四岁。”布莉塔真的有五个孩子，名字从A排列到E。

“这是安德烈的主意，”布莉塔说道，“这样大家很快就明白，哪个是老大了。”四女一男，按照字母排列，这样还真一目了然。如果他们在家还会一起演奏乐器的话，我一定会感到相当吃惊。

“他们每个都有学乐器吗？”我因此这样问她。

“没有。只有两个有学过竖笛，听起来实在让人难以忍受。”布莉塔笑着回答。我也将孩子的照片拿出来，然后大家互相称赞彼此的小孩有多可爱，当然连狗也不例外。

我克制自己不去碰那些餐点，但是对苹果酒的克制力可就没那么强了。两个小时后（还是没有卢克的鬼影子）我绝对跑了第三次厕所，我的膀胱看来跟我身体其他部分一样紧张。

当我再度走入大厅时，绞肉密希用手指着我：“施耐德，大伙儿，有的人就是永远都不会变。”他的叫声穿过整个大厅，然后在那里笑得跟白痴一样。我不知道他为什么会这样说，尤其全部的人都盯着我瞧。到底怎么回事？

不妙，我发现我在滴水。不是我，而是我的披风，它在地板上留下清楚的痕迹。现在我总算明白了：我在上厕所的时候没注意，让披风浸在马桶里。我希望这事是发生在我冲水之后。怎么可以有人笨到这种程度？我迅速地将它穿过我的头取下，飞溅了一些水滴出去，然后我就牛仔裤扣子开着地站在全年级的面前。全部的人通通都笑到不行。在跑回厕所的途中，我有种似曾相识的感觉，类似的经验我也有过一次，那是好多年前的事了。

当时我九年级，在上课时去上厕所，当我再回到教室时，我们地球科学老师吉尔斯特曼先生，用一种异样的眼光盯着我瞧。我的同学可没那么客气，他们笑到都快窒息了。在我还没来得及会意吉尔斯特曼先生所发出的无言警讯（吉尔斯特曼先生是个比较内敛的人），我就察觉到发生了什么事，而且还是最后一个察觉出来的。我的裙子塞在内裤里！前面看起来还很正常，但从后面看的话，我就这么穿着内裤站在全班面前，然后还兴高采烈地蹦回座位。真是个噩梦！尤其我那天还难得穿着有星期字样的蠢内裤，星期三这几个字横挂在我的屁股上。这个被取笑的回忆，我到现在随时都还可以回想起来。那个状况跟今天没什么不同。

多年后，这依旧是学校里广为流传的经典之一：“今天到底是星期几啊？安德蕾雅，可以给我们看一下你的臀部吗？”甚至在毕业时，我的臀部也可以成为话题：“今天是我们在学校的最后一天，如果有谁想知道这个中学时光最快乐的一天是星期几的话，请找安德蕾雅！”

我希望今晚剩余的时间可以在厕所度过，或是干脆从后门开溜。我应该离厕所远一点的，或是在上厕所前先把身上所有的衣服脱个精光，不然就都不要再喝东西，这样就可以免于遭受光顾厕所时会发生的危险。

我早就知道我为什么不该来了。我买这条昂贵的超时髦牛仔裤有什么用？大家都看到我最上面的扣子根本扣不起来。现在该怎么做？

“大方点，安德蕾雅，跟他们一起笑，你挺得过的。”身体里有个声音这样说，但是那个声音非常微弱，而身体其他的部分则是觉得像受到跟中学时一样的侮辱。

卡洛琳娜救了我。“快回来吧，卢克来了，他觉得很可惜错过你刚刚精彩的出场。”还好，卢克没有看到我耻辱的 live show。都是绞肉密希那个大嘴巴害的啦！要不是他脱口乱叫，八成不会有谁去注意到。这笔账我会再跟他算的！

“现在快出来吧，别那么孩子气了。”Giorgio•Armani最好的朋友卡洛琳娜将我拉往大厅的方向。我听了她的话，将牛仔裤的扣子扣好。当我再度回到大厅时，根本没人理我，因为卢克正站在大厅中央。

他真是仪表非凡，几乎全年级所有女生都靠过去了。卢克，这个迷人的卢克，卡洛琳娜也拖着我直接朝他的方向走去。在卢克身边——刚好是布莉塔。她示威性地表示着她本来就应该享有的优先权，这一点都不令我觉得惊讶。

卢克几乎没怎么变。当然，他也是老了一些，但却以一种令人惊叹的方式变老。这么说好了，年龄的推移似乎对他特别仁慈。他的头发依旧茂密，只有鬓角的地方带点淡淡的灰。他的头发相当长而且卷。理论上来说，那样的长度对他这样年龄的男人来说，其实是有点太长，但却很适合他，让他更显得与众不同。卢克很高，而且完全没有一点发福的迹象，他要是有点小腹会让我觉得比较正常。他穿了一件牛仔裤，衬衫塞进裤子里。很明显的，他不必像其他人一样，刻意穿着西装来彰显他们在事业上成就非凡。

他不怀好意地对着我咧嘴笑着："嗨，亲爱的。安德蕾雅，很高兴终于可以再见到你。"他不知道这短短一句出自礼貌性的话对我来说有什么意义！他知道：一、我是谁；二、然后认出我来；三、他看起来似乎很高兴再见到我。这句话最美的地方在"终于"这两个字。

我向他伸出我的手，但他根本不想碰我的手，而是一把将我拉进他怀里。他的手臂向来就很强健，他今天也是把衬衫袖子拉高，就像以前一样，让人一下子就看得到他手臂肌肉的优美线条。这个男人怎么可以在秋天有那么美的肤色？他将我压向他。

“这个动作我们早该在好几年前就做了吧，你这个白痴！”我在心中呐喊，同时享受这迟来的胜利。这个拥抱铁定可以让我在班上的阶级更上一层楼。

布莉塔有点紧张，她把卢克从我身边拉开，因为她非得把他带到我们以前的地球科学老师吉尔斯特曼先生坐的那桌不可，他是少数前来参加同学会的老师之一。

“吉尔斯特曼先生迫不及待地想见你。”她将卢克绑住。我想她一定是想将卢克从我和卡洛琳娜身边弄走。

“我们等等再见，只有我们俩。”卢克在我耳边说道，而我只能兴奋地点头。我本来还想装酷的，没想到完全破功。

卡洛琳娜跟我一样感到吃惊：“天啊天啊！怎么会有那么优秀的男人。”虽然卢克都还没说到有关他自己的事，但我想这整个大厅里至少会有一半的女人想马上跟他一起消失。

突然间，克里斯多夫闪进我脑海。无庸置疑，我家老公算是不错的货色，但是卢克又是属于另外一型的。这有一点像是一条鱼在什么都没有的河里，而他是一条很棒的狗鱼（为了继续使用鱼的暗喻法），总会让女人觉得：“我是一条如此平凡的鲭鱼，我不值得跟那么好的在一起，我真的是太幸运了！”像被他条件那么好的人看上，不论谁都会觉得很感恩。当然，这听起来很蠢，可是我没有办法停止这样的思绪。

遇到卢克是我今晚的转折，我觉得我有如被加冕一般，万中选一，尤其是他走前还跟我眨眼。我跟卡洛琳娜并没有跟在他屁股后头到吉尔斯特曼先生那桌。不只是因为吉尔斯特曼先生是个白痴以及我们很讨厌地球科学这门课；而是我们想要表现出一副我们还能控制住自己荷尔蒙的样子，不要像两只讨人厌的狗，跟在卢克后头摇尾乞怜。

我跟卡洛琳娜闲晃来闲晃去，她也很高兴不必一个人呆站着。我们去用功乖学生的那桌小坐了一会儿。以前在学校总是喜欢坐第一排的人全数到齐，这些人从不跟着翘课，他们的说词是："真的不行啦，物理很有趣，我们不能就这样不去。"这些人在学校的人缘还没我好呢！这让我心里觉得平衡一点。对某些人来说，拥有追逐名利的这种性格还是很值得的。

珂奈莉雅目前是牛津大学的量子物理教授，我光听这个名词就心生恐惧了。我对量子物理根本一点概念都没有，就是有人可以那么聪明！而且她连外表也打点得很好，甚至人看起来也非常地好。在我初步的打量之下，她其实算是挺美的，而且让人觉得十分值得信赖。我们俩今晚的谈话甚至多于以前在学校的时候。

她先生（是的，这样冰雪聪明的女人也是有男人的，然而，根据研究显示，这样的女人在寻找伴侣时会比像我这样资质普通的女人要来得困难）是个英国人，在伦敦高等法院担任法官。

“是要戴着长长卷卷的假发那种？”我好奇地问。真是太令人兴奋了，谁会想得到啊！

她笑着，“那假发上面的头发啊，比我们两个的头发加起来还要多。”我都用了双倍的定型慕斯还是骗不了她，女人就是可以一眼看穿这种悲哀的伪装。毕竟我们看的都是女性杂志里同样的穿衣建议：“可以通过穿长外套来遮掩过于丰腴的臀部。”所以如果有人穿了黑色长外套，那大家都会知道：她穿着这件黑色长外套，绝对不是随便穿穿，而是因为她的臀部堆积了太多肥肉。

我和珂奈莉雅闲聊，同时感到很惊讶。这个女人我有好多年都没有注意到她，我只当她是个讨厌的好学生。我们或许可以有段共同的美好求学时光，但我对她并不友善，只因为她在学校是个好学生。

“我很高兴，在学校的那段日子终于结束了。”她向我坦承，“我痛恨透了总是只当聪明的学生。聪明就代表了不性感。算了，别提了。”她结束了这个话题，“如果你有机会来牛津，安德蕾雅，我诚挚地邀请你。”她这样说让我感到惭愧不已。

卡洛琳娜不怎么专心，因为她一直盯着吉尔斯特曼先生那桌，不让卢克离开她的视线。

“布莉塔以前就常缠着他，现在总可以换我们了吧！”

她在喝下第四杯啤酒后说道。动物饲料老板的夫人喝酒速度可真叫人印象深刻，酒量还真好。她看起来好像很常喝的样子，难道Giorgio Armani也爱喝个两杯？但意大利人不是比较喜欢喝红酒或白酒吗？

“我现在要过去跟他们还有吉尔斯特曼先生说声哈啰。”她在喝下第五杯啤酒后告诉我。

“如果你想的话，我不反对。”要跟吉尔斯特曼先生说哈啰？笑死人了！我一派轻松地说。我继续待在乖学生这桌，没想到他们那么有趣。他们在那里道人长短，或许是想报以前的仇吧。

最近彼得（数学和化学课的同学，目前在马克斯·普莱克机构做一个秘密研究）坐上一辆计程车，没想到驾驶座上坐的是海纳。他一边叙述一边露出幸灾乐祸的表情。

海纳是卢克的头号对手，长得也相当好看，有张大嘴，在女孩间同样也很吃得开。海纳有很多很酷的唱片，父母从不在家，家里有个开派对用的地下室，里面有红色的灯泡。海纳办的派对很具传奇性，吸烟、抽大麻，当然喝酒也是免不了的，然后屋子里不停地流转着平克·弗洛伊德①的音乐。他对学校事情漠不关心的态度也让人难以置信，他几乎跟每个男老师都起过冲突，常常被老师登记在学习纪录表上，跟校长面谈的次数比校长跟他的秘书还多。

“他已经不是以前那个叱咤风云的海纳了。”彼得跟我

---

①：Pink Floyd，英国摇滚乐团，成立于1965年。风格偏电子和迷幻摇滚。

们叙述他坐计程车的事。“相反地，他还问我知不知道哪里有很便宜的房子。他目前住在他父母那里，就是以前那个开派对的地下室，真是够可怜的，他连车也开不好。”我了解彼得想展现他迟来的胜利，但是他也用不着那么恶劣吧。

“安娜葛芮特到底在做什么啊？”我想要知道。安娜葛芮特也是用功上进家族的一员，这些人消息似乎都很灵通。在我问到安娜葛芮特这个问题时，大家很可疑地同时沉默下来。

“啊！你不知道吗？”大家惊讶地看着我。

“不知道耶，怎么了？她变成百万富翁了还是怎样？难不成她赢得了诺贝尔奖，然后我都不知道？”我开玩笑反问道。

“她没有变成百万富翁也不是诺贝尔奖得主，她过世了。”彼得说道，然后个子矮小又满脸痘子的尤利犹斯神色哀戚地在一旁点着头，他一直都很崇拜安娜葛芮特。

“她老公没看清楚，在露营场把她给撞死了。她先生想把露营车停好，因为位子停得不是很正，但他没看到他太太在露营车后面，正想将地上的帐篷桩拔起来。”我一直以来都很痛恨露营。

光是想象，就觉得这事对两个人来说都很残忍。将自己的太太撞死——令人毛骨悚然；如果自己是被撞死的那个，那就更恐怖了。

为什么我从来就不知道这件事？“这是什么时候的事

了？”我问。

“在他们蜜月的第一天。他们从南法出发，然后想在瑞士露营过夜，这事就在那儿发生了，在黄昏的时候。那是他们婚礼后的第四天。”剧情越听越惨。

“安娜葛芮特结婚了？”我想知道更多的细节。

‘是啊，跟根特尔。“尤利犹斯告诉我。他若有所思，一面抠着他脸上一颗看起来岌岌可危的青春痘。我的老天，尤利犹斯的皮肤状况一点都没变，这可怜的家伙。差不多都已经步入中年了，脸上的脓包却像是在青春期初期，真惨。安娜葛芮特的婚事对他来说打击应该也不小吧。

“哪个根特尔啊？”我继续问下去，“那个教物理的根特尔？名叫杰柯尔的？”她嫁给我们的老师？我们的物理老师？她竟然还落得一个被他辗毙的下场？

尤利犹斯看起来一副快哭的样子。可怜的家伙，被一个年纪比他还大的老师给打败，尤其那老师也不怎么迷人，这真的是挺惨的；之后，他还把自己的心上人给撞死，这更是惨上加惨。

“那是我参加过最悲惨的葬礼。”彼得继续说，尽管他一定也注意到尤利犹斯已经快不行了。“杰柯尔好像差一点就要往那个挖好埋棺木的墓穴跳下去一样。”

这真是太戏剧化了！虽然这个惨剧已经过去快十年了，当彼得一边在说的时候，尤利犹斯很明显地还是沉浸在悲伤之中。他哭了。这个个头矮小的男人心中藏有多少情感啊？真是不可思议。我干吗没事要问起安娜葛芮特的事，把原本好好的气氛硬生生地给破坏掉？

我将尤利犹斯拥入怀中，毕竟是我害他掉泪的。他吸了两次鼻子，将自己冷静下来，但是显然丝毫没有想要离开我怀里的意思。

“我一直喜欢着你。”他跟我坦白。

救命啊！尤利犹斯千万别会错意啊！这只是安慰，不是什么亲密接触！虽然很同情他，我还是得跟他讲清楚。“尤利犹斯，我结婚了，而且有两个小孩。”我再清楚不过地告诉他，好让他明白，我对他的拥抱什么特别成分都没有。

“那又怎样？”他又吸了一次鼻涕，“我觉得无所谓，有孩子也没关系。”

“但是我有关系。”我说，“我目前过得很开心。”这样应该够了吧？跟他讲完这些话后，我真想大叫：“拿开你的手，你这个矮冬瓜！”还好他也明白了我的意思，接着慢慢从我身上移开。好险！不然的话我可能要发明一个什么湿疹，让他不得不跟我的身体保持距离。不过他现在的状况已经那么惨了，应该什么都不在乎了吧。

我没看到卡洛琳娜，她错过了这里的精彩好戏。她八成是压不下对卢克的欲望，我是不是也该加入“等待卢克”的行列呢？

不，我在学生时代已经等够他了，今天该是他主动出击的时候了。到目前为止我都很有自制力，而且今晚还长得很呢！再说，我来都来了，还有很多事情等着我来发掘。

这中间有乐队演奏，是绞肉密希的朋友，当然也是绞肉密希的音乐风格。说到绞肉密希，他到底躲到哪儿去了？那个披风事件我还没找他算账呢！再怎么样我也是他前任女友莎宾娜的好朋友，他大可不用把我的糗事这样大肆宣扬。

我开始搜寻绞肉密希的踪迹。找到了，他坐在我们以前的拉丁文老师芙琳珂小姐旁边。他怎么会自愿坐在这个老巫婆的旁边？芙琳珂是我中学时代的噩梦之一，因为她的缘故我还差点留级。

本来想要偷偷溜开的，但恰好已经被她看到。“啊，安德蕾雅小姐。”她向我打招呼。

“晚安，芙琳珂小姐。”我说。

她拿起一本放在她前面那张桌子上被翻到烂的红色簿子。“您一定想知道，我当时给您的评语吧？”

“其实还好耶。”我尽可能礼貌地回答她。这老女人疯了吗？她竟然把登记成绩的簿子带来同学会上。她快速翻着。“真的不用了，谢谢。反正都那么久的事了。”我继续抵抗。芙琳珂小姐从来不会对任何其他的意见感兴趣，当然今晚也是。

“安德蕾雅，安德蕾雅·施耐德。哈，我找到了。功课做得还不错，是个资质中等的学生，友善，但是没有拉丁文的天分。”她笑着继续往下念。“口试拿了3点多，笔试是

4。对题材不感兴趣，简单来说，是个不起眼的人。”她喘口气然后意味深长地盯着我瞧。

我现在是该很高兴地欢呼：“太棒啰！”还是跟她说声“谢谢”？真是太好了，就连芙琳珂小姐也把我归为不起眼的人，真是无比的荣耀啊！我还宁可被说成是倔犟或是粗暴，不起眼真的是很严重的侮辱。

她还在等我回应。“真富有启发性。”为了塞住她的嘴我说。

她还是跟以前一样讨厌，虽然变得比较老，但是一样讨厌！绞肉密希又笑了，我真想对他说：“你给我停止，你不必再卑躬屈膝地想要讨好她，你已经拿到你的中学文凭了！”我还是忍住了，自己在心里默默想着：“如果您知道事实的真相就好了，芙琳珂小姐。”

芙琳珂小姐是我唯一恶整过的老师，事情是发生在去巴伐利亚森林校外教学的时候。本来我们是想去阿姆斯特丹的，但是我们当时的班主任芙琳珂小姐却决定要去巴伐利亚森林。整趟行程她不停地烦我们，两三小时就巡一次房，连夜里也不放过，然后一出去就是毫无目的地在林子里走好几小时，途中还不停地发表一堆“对年轻人有益”的论述。早餐我们只能喝菊花茶，而芙琳珂小姐自己却喝咖啡。

我们心想，要是我们能削弱她的战斗力，最起码我们可以短暂地清静清静。海纳有个不错的点子，刚好他手边也有适当的“用具”。

“泻药，完全吃不出味道。我们把它倒进那老巫婆喝的咖啡里，绝对可以让她无法从厕所脱身，然后我们就可以快活好一阵子了。”一个绝妙的点子，只不过执行起来恐怕有点难。要如何把泻药倒进芙琳珂的咖啡里，然后不被她发现？芙琳珂是只狡猾的狐狸，一只小心翼翼到家的狐狸。

海纳知道该怎么做：“施耐德，你去跟芙琳珂鬼扯，她一定不会起疑心的。在咖啡里放药的事交给我就好了。”我当然会害怕被抓到，但是老实说，当有那么酷的男生要不起眼的我伸出援手，我还真招架不住呢！我几乎就要因为情绪过于激动而发起抖来，但我的任务还是完成了。当芙琳珂将咖啡倒进杯子时，我就进去了。

“芙琳珂小姐，我知道这很尴尬，但我身上好像有只虱子。”

“给我瞧瞧，安德蕾雅。”她回答我，然后喝下第一口咖啡。“老天，希望她不要再喝了，不然没有咖啡剩下，我们等会儿要下药就麻烦了。”我这样想，然后对她说：“您可以跟我一起出来一下吗？这里人那么多，我不好意思。”她叹了一口气，然后嘴里念念有词的，但还是站起身来跟我来到走廊上。经过海纳身边时，我朝他点了点头。我慢条斯理地将T恤拉高，然后指着背上一个小小被叮咬的痕迹。

她很快地看了一眼说：“拜托，这不是虱子啦，是被蚊子叮了。相信我，我分辨得出来。”就这样。她不太温柔地将我的T恤拉下，又走回吃早餐的地方。希望海纳已经完成任务了！在几分钟前我还在犹豫，我们这样对她是不是太过分了，但是现在我真希望那个下泻药的人可以是我。

“老巫婆，等等你就知道！”我这么想，然后开始感到高兴得不得了。

当她又回到位子时，整个餐厅的人都盯着她。在这之间咖啡一定已经冷了，她还会喝下冷掉的咖啡吗？还好，她还是喝了。三分钟过后，她那壶咖啡被她喝个精光，我们几个等着看好戏，但什么事都没发生。

“我的老天，她还真无坚不摧啊！”海纳说道，并且感到不可思议。因为在倒泻药的时候，他由于慌张而不小心将控制剂量的盖子给弄掉了，以致于失手倒进我们原本预计药量的五倍。

隔天早上我们搭火车回去，芙琳珂一直不断地跑厕所。“看来天气的转变让我觉得胃也开始不舒服起来了。”她抱怨。不管怎么样，虽然需要点时间，但是看得出来起作用了。

接下来的四天她没来学校。起初我还觉得很开心，但从第二天起，我就开始害怕起来。看样子，芙琳珂小姐的肠胃毛病应该是很严重，已经严重到痢疾的地步也说不定。

“要是她死了怎么办？”我这么想，知道自己一定脱不了关系，因为我是共犯。要不是我，海纳不会有机会将致死的东西滴进咖啡里。我至少去找了学校的秘书姆尔小姐三次,打听芙琳珂的状况,当然都是装做顺便问起的样子。

“没什么特别的,她还是非常不舒服。”她每次都这样回答我。接下来是周末,“或许这是我最后一个自由的周末。”我担心着。当我星期一在教室里见到芙琳珂小姐时,我心中的大石头才终于放下。我从来没有想过,我会有因为芙琳珂小姐的出现而感到开心的一天。

她觉得纳闷,为什么没有人跟她有类似的症状。“是严重的肠胃感染,医生告诉我那是‘痢疾’的一种,巴伐利亚森林这一带从没有过这样的病例,这在热带国家比较容易发生。”她简短地向我们解释,然后在全班面前向我道谢:“安德蕾雅,我没想到你那么地关心我。谢谢你打听我的情况,姆尔小姐都跟我说了。真令人高兴,施耐德。”哦,不会吧!现在她的一句话,把我好不容易新建立起来的酷形象彻底毁灭。海纳翻了个白眼,不屑地闷哼一声。

“胆小鬼。”下课时海纳在全班面前这样叫我。

芙琳珂小姐盯着我。“安德蕾雅小姐,您没在听我说话吗?”她有点生气地问我。

“嗯……不是啦!我刚刚在想我们那时候全班去巴伐利亚玩的事情。”

芙琳珂小姐思索着,“是啊,我到现在也还记得呢,尤其是在那之后我遇到的鸟事更让人难以想象。”芙琳珂小姐说“鸟事”两个字耶!看来生活里真的是处处充满惊奇。

“您那时候是不是在我咖啡里放了什么？”她笑着。

不会吧！她是不是知道了些什么？！我一直还是很害怕，虽然从理论上来说她现在根本不可能再对我怎么样。

还好，芙琳珂小姐只是在开玩笑，不然她不可能笑得出来。如果她知道的话不知道会做何感想，尤其要是她知道这个不起眼的施耐德也有份的话，哈！她一定会大吃一惊的。但是这小小的惊喜我想我还是留到下次的同学会再揭晓好了。这个绞肉密希，我之后再来教训他，现在让他继续留在芙琳珂小姐旁边就是对他最好的惩罚。

已经有一批人先回家了，而我除了打招呼外，根本还没有时间跟卢克讲到话，我再不采取行动不行了。我不经意地慢慢移到卢克英雄这桌。

“卡洛琳娜，坐过去点。”我有点把她挤到边边去，“卢克呢？”在我环顾四周后问她。

“他想给布莉塔看一个重要的东西。”她有点吃醋地说，“他们在外面，他似乎是有什么东西不能让这里其他人看到的。”要给她看个重要的东西？那会是什么东西啊？

“他到底要给布莉塔看什么？”我继续追问卡洛琳娜。

“哼，你想还会是什么？”她看着我，好像我是个理解力很差的白痴。从卡洛琳娜看我的方式，我慢慢可以理解她话中意思。但是就算卢克想跟布莉塔重修旧好，他们也不可能在举办同学会的活动中心外就……

“我拜托你，布莉塔是五个孩子的妈耶！”

“这是什么鬼观念啊？”卡洛琳娜回答，“如果她都有五个孩子了，她对这档子事一定特别了解吧！很明显地，这几年她除了这档事外，应该也没做太多其他的。”

不能光是因为人家有五个孩子就觉得人家只有“性趣”而没有其他“兴趣”吧？卡洛琳娜是真的不爽，一个穿着克什米尔毛衣又认识Giorgio·Amrmani的贵妇，竟会因为一个有双丰乳的女人而被甩在一旁。

“那我们去外面瞧瞧，就知道是怎么一回事了。”为了平息她的怒火我建议道。

“那多尴尬啊！”她厌恶地摇摇头，“我才不要追着他跑呢！这样的日子早就过去了。”正当卡洛琳娜激动不已时，布莉塔回到桌子旁。我们偷偷地观察她，她跟之前看起来没什么两样，唇膏没有糊，衣服也没有皱。

“怎么样，外头有什么重要的事啊？”我不经意地问。布莉塔露出一抹令人玩味的微笑。

“卢克给我看了样东西。”她回答，然后看着卡洛琳娜。

“嗯，那到底是什么东西那么好看啊？”我紧抓不放。她像只蜥蜴一样，快速地舔了一下她的嘴唇。

“那是私事！”她结束这个话题，然后咯咯地笑着。

卡洛琳娜咽不下气，将头撇向另一个方向。从中学时代卡洛琳娜就一直输给布莉塔。卢克在十年级某次与卡洛琳娜小吵后，又回到布莉塔的身边。每次只要布莉塔勾勾手指，卢克就又会对她摇尾巴。这个情况到今天还是没有任何改变，很明显地，这让卡洛琳娜很火大。

卢克也来了，他坐在我跟布莉塔中间。卡洛琳娜表现出一副没有兴趣的样子，狠狠将自己转向坐在对面的另一名男子。

坐在对面的是英格玛，他爸妈是滑雪迷兼哈瑞典族，所以才帮自己的小孩取了一个跟瑞典滑雪好手一样的名字——英格玛·斯坦马克。英格玛整个人脱胎换骨，他在中学的时候，是像我这一型的，一点也不起眼。也就是因为这样的原因，我当时对他并没有多大的兴趣。如果一个人是属于“阿狗阿猫”这类型的人，他就不会想要再跟其他的阿狗阿猫混在一起。他们会想跟光芒四射的人走在一起，好让自己多少也沾点光。

从英格玛跟卡洛琳娜的对话得知，他是个银行家。他念的是国民经济，后来继续念了博士，现在经常往返纽约和法兰克福之间。真炫！可惜接下来的对话我跟不上，因为卢克正轻抚着我的手臂。

“施耐德，你看看你变成什么样，我的天啊！”我有种被捧的感觉，是被卢克这样的美男子称赞耶！我想，就算他只是在嘴里小声咕哝着，我也会觉得很感动。

“我们要不要去外面走走？”他在我耳边细语说道。天啊，看看他的样子！他要是早在十八年前问我同样的话，我一定二话不说跟他一起跑。但是就算到了今天，我还是无法抗拒。我的意思是，跟他一起走是没关系，反正单独相处又没犯法。但要是他想采取什么行动的话，我，安德蕾雅·施耐德就会告诉他："这些事你应该老早就想到的，卢克！"然后会丢下荷尔蒙分泌过剩的他，让他一个人站在这个蹩脚的活动中心前面。

卡洛琳娜和英格玛互相交换了名片，我真希望能越过桌子大喊："英格玛，你也可以给我一张吗？"他看起来真的很不错，要是我能早点认识到这点就好了。他不是那种英气逼人的类型，就是单纯地好看，友善又亲切——这样的形容词通常会被大多数女人给忽略。而现在我明白，这样的美德已经完全被低估了。亲切的男人是很珍贵的，亲切并不直接等同于无聊；而英气逼人也不见得是什么好事，毕竟"逼人"还是带有一点负面意义，持续性地去感受应该也是会有压力的吧？

卡洛琳娜似乎也发现了这点，因为她不停地用手指去卷弄她的马尾，一面眨眼，一面指手画脚的。不管是哪个肢体语言专家都可以分辨得出来，她现在心情很好。她把目标转移，把卢克忘得干干净净。

现在卢克的手游移到我的上手臂。"你真的结婚啦？"他小声地问。他的声音令人陶醉，然而提的问题却有点让人倒胃口。

这是什么意思？他是要在请我跟他一起离开活动中心前，先搞清楚他有几成的成功机率吗？他只肯对未婚的女人下手吗？他把布莉塔当例外，只是因为她有双D罩杯吗？

“是啊，但是你为什么会想知道这个？”我有点不耐烦地反问回去。

“你等等就会知道！”他说，同时给我个迷死人的微笑，露出像好莱坞明星又白又整齐的牙齿。

“来嘛！施耐德，我们去外面呼吸点新鲜空气。”他在我耳边低语，然后站起身。

直呼一个女人的姓不怎么迷人，但像是反射动作一样，我也跟着站了起来。他牵着我的手，我们一起穿过大厅，从背后盯着我们看的不只卡洛琳娜一个人。不管卢克在外面要给我看的东西是什么，光是这段路就值回票价了。在班上的地位排名，我已经登上至高无上的宝座。因为一个能引起卢克注意的女人是很特别的——有些事情永远不会改变。

我享受着我的登场。当然我可以很酷地对他说：“我干吗跟你出去？时间早过了，我对你已经没有半点兴趣。”可惜我真的做不到。

外面天色已经有点暗了，卢克把我拉近他身边。“安德蕾雅，”他说，“我一直都很喜欢你。”

“那又怎样？”我简短地回应他，然后在心里想：“我怎么从来没发现过？”

“我这里有样大家都很想要的东西哦！”他继续说，一面用手轻拍他裤子的口袋。

我再也不觉得他有多迷人，而是觉得很尴尬，同时觉得他是个自负的家伙。他这样敲他的裤袋是什么意思？他裤子里除了他的小老弟外，不可能有别的东西了吧？小弟弟不就是那样，不是说没有差别，而是当一个男人只把焦点放在那里——像个六岁男孩一样，持续地向人展现他的性器官，是很可悲的，不管他有多“与众不同”。

现在该是回大厅的时候了，但是他又把我拉得离他更近。“布莉塔跟她先生都会来，说不定你先生也会有兴趣，当然，如果你想的话，我们大家也可以一起来。”他试图说服我，他的手一面来回拨动着他的裤袋。

老天！恶心死了！他这是在提供我 3P 的机会吗？卢克难道是双性恋？布莉塔为什么没警告过我？我真应该给他一巴掌的，这是我有史以来被问过最倒胃口的问题。

但为什么不？我做了，举起手来给他结实的一巴掌，啪的一声，他自找的！这巴掌不只是因为他现在的所作所为，另外还有为了我长年被他忽视而打的。我想奔回活动中心，可他把我紧紧抓住。

“你还正不正常啊，施耐德？”他对我吼，“你要庆幸我不打女人，不然准让你从地上爬不起来。你疯了是不是？”卢克露出他的原形，好样的。

“你这个恶心的家伙。”我对着他叫，“你觉得你可以把我跟我先生也拉到你床上是吧？你搞错了，我先生不是你这种人！”我整个发飙。

“跟上床有什么关系？”卢克手足无措地看着我问。

“我干吗要跟你，甚至跟你的先生上床啊？如果我想上你的话，我早下手了。”我觉得，只给他一个巴掌似乎太便宜他了，应该海扁他一顿会比较恰当，可惜我没受过近距离攻击的训练。

这个骄傲的大烂人！真令人沮丧！“要是我想上你的话，我早就下手了。”我的天啊！我痛恨这个家伙，这几年来我的理智完全被蒙蔽了。我现在其实更应该给自己一巴掌的，不，是好几巴掌。他真是个令人作呕的家伙！

“布莉塔难道没有跟你说，我这里有的是什么吗？”他稍微冷静了点，拉着我的手臂问。

“放开我，你这个烂货！”我用他听得懂的用语对他说，同时想要挣脱。

“我说的是世界杯足球赛的门票，我刚好拿到几张票，本来想问问看你要不要的。”他大声斥责我，然后从裤袋里抽出一叠门票。这真是整出戏的高潮啊！原来他诱惑我出来，不是想对我怎么样，而只是想卖给我世界杯足球赛的票。

“布莉塔，你这个坏女人，你干吗不跟我讲。”装着一副好像发生了什么好事一样，结果只不过是跟他买球赛门票罢了。我想，这八成是他收贿的战利品，不知道是从哪弄来的。

“你自己去买的话，一张开幕式的门票就要一千欧元了。”他渐渐又恢复和气，并且也终于放开我的手臂。

“你自个儿留着吧！”我对他尖叫着，然后将他一人独自留在那。

我满脸通红地回到桌边。卡洛琳娜好奇地将头抬了起来，然后满脸狐疑地看着我。

“别提了。”我说，希望这听起来不会太不礼貌。不知怎么地，我就是没有兴趣再去提这个故事。我想，现在真的是该回家的时候了。英格玛在这段时间里也走了，卡洛琳娜告诉我，因为他明天很早就要出门，搭乘他自己的私人飞机去纽约。我真是赌错了，跟个轻浮的猪头在外面站着，而卡洛琳娜却意外地大丰收。我们说好下次很快要见面，她又跟我提了一次，如果需要狗食的话，她可以用成本价卖给我。当然，我正眼也没瞧卢克一眼就走了。这个传奇就这样永远地毁了，我真庆幸我出席了这次的同学会。

Chapter5

克劳蒂亚上骑马课

克里斯多夫在我接近一点踏入家门时还醒着。“怎么样啊？”他亲切地问着。“好玩吗？”光是想到我跟着一个白痴走出会场外，就让我觉得自己好丢脸。相形之下，那个披风事件根本就不算什么。该死！我竟然让披风掉到马桶里去。

“还蛮好的。”我说道，然后顺带提到有个同学有世足赛的门票。

“太棒了。”克里斯多夫说，“赞哦！你有没有跟他订个几张啊？”我摇摇头。

“拜托，你又没那么喜欢足球。”我回答他。

克里斯多夫傻在那里。“世足赛的票超酷的，你不知道，我可以在事务所跟大家炫耀一番。不管怎样打个电话去，我要两张票，不管是哪场球赛都行。这样我还可以邀请朗尼一起去。”

我宁可在不打麻药的状况下把盲肠切除，也不愿打电话给卢克。但如果我不把故事后续说出来的话，无法跟克里斯多夫解释清楚。

“我会试着联络他的。”我说道，并且向他保证明天就会打。我在心里暗下决定：以后绝对不会再参加同学会了，因为想要让自己感到沮丧应该还有其他更好的方法。

我晚了两分钟到幼稚园，马克已经穿好衣服在门边站着了，这让我良心有点不安。“妈咪，你终于来了。”他说着，然后奔向我怀里。

“我今天早上真的是忙翻了。”我向幼稚园老师道歉。毕竟我整个上午没几分钟就必须注意好几支不同的电话，然后绞尽脑汁去想我老公晚上到底是跑去哪了。

“一直以来不都是这样嘛！”她只说了这句，然后严肃地看着我。我没兴致继续再跟她在那里解释，把儿子抓了就走。现在已经是下午了，还是没有我老公的下落。他似乎真的火了，或者他已经直接搬去蜜雪儿那儿，找个时间会再回家拿他的衣物。我检查过了，没有任何有人回来过的迹象，电话答录机跟手机的语音信箱也是一点消息也没有，什么都没有，连一通电话都没有。虽说他平常也很少在白天时打电话回家，但最起码他会在家过夜。

“妈咪，今天要骑马哦！”女儿一进门就提醒我，把我一把拉回了现实。对耶，克劳蒂亚每星期都会去骑一次马，因为她没有自己的马，连只小马都没有，这对她来说其实有点残忍，但我不想养小马，更别说大马了。撇开相关的花费不说，我其实有点怕马。它们很大，意思是它们不怎么聪明。而且对我来说，马就是会让我有不好的联想。更何况我又不会骑马，对照顾马的事情又不熟，也没有兴趣肩负着再去照顾另一种生物的责任。看我姐就知道，光是要照顾一只狗就是多大的一项工程。此外，我们这种相连式住宅的土地上没有栅栏也没有马厩，但这些理由都还是摆不平这个小学四年级的小女孩。

她倒是很会在那里自顾自地安排：一大早，在上学前就先喂它吃、照顾它，然后每天都要骑它跟帮它刷毛。庭院的空间应该是够放一匹马——她觉得。人家长袜子皮皮[①]在花园里也养了一匹马，甚至还有一只猴子。有关猴子的这部分，克劳蒂亚很大方地放弃："我已经有个弟弟了啊！他其实跟猴子差不了多少。"她解释。

幸好我跟克里斯多夫对于马的议题想法一致，他也不想养马。所以他"最近开始"对马毛过敏，说到过敏，就不太可能有什么商讨的余地了吧？当然这样不老实也不公平，但是真的奏效。我就认识一些以过敏为由而长年不养宠物的家庭。

---

①："长袜子皮皮"是享誉世界的瑞典儿童文学作家阿斯特丽德林格伦的著作，故事主人翁是一个叫皮皮的红发小女孩。

克劳蒂亚就不觉得过敏有什么严重的，“又不会把迷你马养在房子里，而且爸爸又不必去靠近它。”她说的倒不赖，然后又补了一句：“之后除草的工作就交给马，爸爸就永远不用割草了。”尽管如此，我们还是态度坚决，虽然她在生日或圣诞节时还是会满怀着希望朝着窗外瞧，看看她梦想已久的小马会不会真的就出现在花园里。

“对，我们今天要骑马。”我说道，然后把一些有的没的东西打包好。身为母亲的我，最厌恶的就是无止尽地翻东找西，除了找运动鞋、找水壶、找头盔、找保鲜盒、找雨衣之外，还要找一系列小孩要用的东西，总会有些东西是我一定会忘记或永远都找不到的。我连自己的皮包都快掌握不住了，还要去记谁需要带什么，真的很烦！

另外还有无止尽的汽车接送，带着体操用品送去体育馆，然后带着自己做的鼓还有档案夹送去音乐启蒙学校。接下来还要在有限的时间内飞快地采购生活用品，然后准时出现在正确的地点，接正确的小孩——要是有小孩导航系统就太好了，最好在生产后直接就植入！不断有小小的声音在耳边说着下一步的动作是什么、需要准备些什么东西。

“您左转就会看到体育馆，拿出运动用品，还有，别忘了填好的表格。”

最烦的还不是这些像运动或骑马的规律性活动，从这些活动衍生而来的附加义务才是一大负担。这些团体最爱搞一些像是运动竞赛、园游会还有圣诞庆祝这些活动。当然，这些活动举行的时间几乎都是在周末，太阳刚起来不久的时候，想睡饱根本是不可能的。桌子要组装好，咖啡机也要带着，而且不能忘记：要在活动前一晚义务性地烤一些饼干什么的。

想要逃避是不太可能的，如果这样马上就会被认定是懒惰或不热心。在妈妈世界里，要是对多余的工作说不，可以算得上是死罪。如果说今日的妈妈跟以前相比少了很多事做，一点都说不通。当然我们现在有洗衣机跟洗碗机（对此我真的非常非常地心存感激，如果这两样东西的发明者还活着，我一定会定期送些小礼物给他们。），但因为这两样东西而省下来的时间，我们得用另一种方式去消耗。

我完全不记得在我小时候我妈有不停用车子把我载来载去的经验。我的自由活动属于我自己，而不是属于她。在孩子还是婴儿时就送去像益智亲子游戏或类似的团体里，绝对是新时代的产物。这当然对孩子非常好，但这对母亲好不好，就令人怀疑了。

克劳蒂亚上骑马课的地方是一个小小的骑马场，离家里大概二十五分钟车程。这个课并没有满一个小时，只有四十五分钟，所以没有必要在这之间还开车回家。这么做的结果，就是我必须跟其他妈妈在场子上闲晃，交换一些无聊的意见，而且绝对会去踢到稀巴烂的马粪，然后等着孩子从马上下来。如果天气好有太阳还不错，但可惜大多数天气都不从众母愿，今天也是。

天空下着毛毛雨，马克因为觉得无聊在旁边哭闹。我其实也觉得很无聊，只可惜我旁边没有对象可以让我耍赖哭闹。妈妈总是得担起缓冲的责任，任何的攻击、争吵、哭闹和痛苦都像垃圾一样地塞来我这里——简而言之，这就像是一个能满足各种需要的服务中心。

有马术课的下午我大都尽可能地把马克丢在他的某个玩伴家中。这样做相对的缺点就是我也会被迫地定时接到别人抛过来的拖油瓶，虽然这很公平，但真的很累人。

“我不明白，”克里斯多夫针对这样的话题总爱这么说，“这到底有什么好累的？两个孩子玩在一起好好的，你可以做自己的事。”

理论上是这样说没错，但事实却大大地相反。很明显，克里斯多夫对这些一点概念都没有。有两个幼稚园的孩子在身旁的下午，是不可能平和而温馨的。现在的小孩都只会等着被服务，而服务人员的名字叫做妈。最简单的吃喝拉撒就不用说了，虽然这对我来说已经够了。

我不喜欢帮别的孩子擦屁股。但撇开这个不谈，孩子们刚开始一定会想去外面玩。这时先要替他们穿上鞋子、外套、帽子，还有一些其他配件，然后要从车库里拿出小朋友开的童车还有它的相关物品。十五分钟过后，他们说什么都要进来屋内，接着把刚刚穿上的东西再脱下来。最迟再过一个小时，一定会发生第一场争吵，因为来做客的小孩不想再屈服于一直占有主导权的小主人。再过两小时，其中一个小孩，一定会吵着非看电视不可，或是要组装他们自己绝对搞不定的轨道车。这时做妈的就得把这讨厌的组装轨道车的零件从地下室的角落处搬出来，然后蹲下来将那些小零件给拼装起来，好不容易组装好后，孩子们早就因为组装太久而觉得无聊，转而投奔积木的怀抱，接着就把积木散得整个房间都是。当这一团乱达到高峰时——小孩把一堆乐高跟积木混在一起，我们的小客人也被接走了。留下我这个快被搞疯的妈妈以及看起来极为恐怖的房间。或许这是我自己的问题，谁叫我管不住这群小毛头。

通常在克劳蒂亚骑马时，马克会跟我去散步，至少我们可以在这段时间里享受一下新鲜空气，还可以逃离跟那些妈妈制式的闲聊。不是我不喜欢聊天，而是我比较喜欢跟自己的朋友聊。这里的女人不能算是朋友，我们之间的关联只有一个：都有年龄相仿，然后爱马的女儿。所以说，我们的谈话内容总是一成不变——一定与孩子有关。这些妈妈里有些人不错，也有可能成为朋友，但可惜我们走不了那么远。不知该怎么说，我们就只会聊很表面的东西，交换一些无关紧要的意见，然后赞叹着小孩怎么会那么有天分。我觉得，大家在心底里应该是跟我一样觉得无聊吧。下午就这样过去了，我很例外地没有踩到一点马粪。我希望这是一个好的预兆。

Chapter6

克里斯多夫有外遇

Chapter

克里斯多夫有外遇

克里斯多夫很准时地在晚餐时间出现，好像什么事都没发生过一样。他还真厚脸皮，在外头过了一夜，一整天连个消息都没有，然后就这样回到家来。

七点整准时插在钥匙孔的钥匙将门给打开，克里斯多夫踏进门，没有对不起，也没有大把花束，什么都没有，就跟平常一样。

我盯着他瞧，看他会对我说什么。他回望我，用很冷淡的口气跟我说了一声简短的:“哈啰。”没有亲吻或拥抱然后就经过我身边走向孩子。

“哈啰！我的宝贝。”他跟两个孩子打招呼，然后大力地拥抱他们，好像他刚结束好几个星期的野地求生训练回家。

他现在这样子是想告诉我什么？只要他想，他还是可以有温柔的一面还是怎样？或者这是一个小惩罚？我可不想放低姿态跟他讲些有的没的，如果他想装酷，我乐意奉陪！

“你昨晚去哪儿了？”我尽可能不带感情地问他，也不管孩子就在旁边，我就是没办法控制自己。

“我还能去哪儿？我去了你要我去的地方。”克里斯多夫同样冷漠地回答我。我真想尖叫！他这句话是什么意思?！他去了蜜雪儿那里吗?！

“我有听错吗？”我换了一个方法问，希望可以听到他笑着说，“我乱讲的啦！”然后把我拥入怀中。

“不会吧，”结果他走向楼梯，对我说，“安德蕾雅，我相信我刚说的话没有那么难懂吧？”

我老公在正妹蜜雪儿家过夜，过了一整天一点消息也没有，晚上终于回到家，还一副什么都没发生过的样子。

“怎么样，昨晚很美好吗？”我在他背后大吼。这位大爷正走向房间，想脱掉他的西装换上家居服。

“是的，多谢你的关心，我再好也不过了。如果你想了解得更彻底的话，那我就告诉你，真的是好得不得了！”他吼回来。

我当然想全盘了解，但其实也不怎么想。关于这件事的始末到底如何，我真的觉得很矛盾。但是有一点很清楚：我觉得整件事情很残酷，想要冲向前去猛力摇晃他。

我想大哭大叫，或是把他直接踢出家门。但我却麻痹似的站在客厅，没有行为能力，大概是因为觉得束手无策吧。

尽管之前脑中有许多恐怖的画面，但还是没真的去想过，克里斯多夫会跟那个叫蜜雪儿的妞搞到床上去。

孩子们感到疑惑，“怎么了？”克劳蒂亚问。

“没事。”我的眼神严肃，她不好继续问下去。

要是我可以就这样走掉该有多好，穿上鞋子，然后夺门而出，让他瞧瞧，要是某人就这样人间蒸发，他会做何感想。我还可以抽烟，就像电影里演的一样，最起码也还要去买烟。但我能去哪？飚车南下去找我的闺中密友海珂吗？不可能毫不犹豫地就这样上路吧。孩子怎么办？虽然这终究也是他的孩子，但是就算这个逃跑的念头真的很吸引人，还是蒙蔽不了一个做母亲的心。

但我也不能就站在这里，切着晚餐要吃的面包，将切片的火腿跟起司从冰箱拿出来，然后继续做我该做的事，就好像什么都没发生过一样！但是，在这样的危急状况里保持冷静，并且深思熟虑一番，也不是不行。

我铺好桌子，甚至还切了黄瓜跟蕃茄，然后替先生准备一罐啤酒，我觉得我就像是被远端遥控的超完美妈咪。不过我还没有能做到去叫他下来吃饭，于是我叫克劳蒂亚去。当我们无声地围坐在餐桌前吃着面包时，我静静地思索着。

他做得到的，我也行！

我不会像一个爱吃醋的、委屈的、满腹怨恨的、受尽侮辱的妻子就这样跑掉，或是躺在沙发上，沉浸在自卑自怜中。虽然我真的就是这样一个该死的爱吃醋的、委屈的、满腹怨恨的、受尽侮辱的妻子。

通常在这种情况下的反应应该是叫喊、哭吼，当然还夹杂着威胁："我要离开你！你这只猪！我要把小孩还有你全部的钱都拿走，甚至还有你那部鬼 BMW。然后你可以叫你心爱的蜜雪儿站在这里给我削黄瓜。"

我真的很想这样跟他鬼吼一番，但我不会真的这样做。因为我要用别的方法来报复他。我要这个没心没肝的，敢劈腿自己同事的人知道什么叫做心痛！还有那个叫蜜雪儿的臭婆娘，我也会给她颜色好看的。我会让这对小鸳鸯尝尝地狱的滋味。他最后一定还是会求我，要我再回到他身边的。

"我们没有全熟的水煮蛋吗？"这个彻夜不归的家伙真的是在对我说话，真是厚颜无耻！他这样做，好像是什么事都没发生过一样！我差点就要对他叫："你要的蛋现在应该是由另一位负责吧？"但我控制住自己，倒不是因为这句话特别粗鄙的关系，而是我的心已经镇定了下来。

"如果你想吃蛋的话，冰箱里面有一些。"我回答他，同时觉得自己的行为非常成熟而冷静，几乎就是睿智的表现。

"是全熟的吗？"他继续问。现在到底是什么情形？他是认真的吗？男人为什么有办法做到这样？我一直到现在都还是搞不懂。他们可以像没事一样地继续生活，把不愉快的事情摆在一旁，这根本就是选择性记忆嘛！他去蜜雪儿那个贱货那儿过夜（我知道这样说不是很成熟），然后还有脸问我有没有全熟的鸡蛋？！

“如果你想要全熟鸡蛋的话，你可以自己去弄。”我尽我所能用冷静的态度，义正词严地告诉他。这招高吧？这句话听不出有任何的恨意或羞辱，但绝对达到该有的效果。

“算了。”他说，听起来有点火，而我又何尝不是。他在气他的蛋，我在气昨天晚上。在晚饭跟意义非凡的“蛋话题”后，（我们也没多说什么其他的），他大发慈悲地一起善后，然后提议要带孩子去睡觉。

“很好。”我说，“我还有事情要忙。”

我溜进浴室，把电话也拿进去。在我放洗澡水的时候，我拨了电话给海珂。是电话答录机。

我留了言：“打给我，我需要你的建议。那个烂人在蜜雪儿那过夜。”这样应该就足以引起她的好奇心了。

第二个我想到的是莎宾娜。自从绞肉密希出轨后，她又恢复单身了，她的意见应该对我有点帮助。我实在缺少跟男人交际的练习，因为在过去几年反正也不需要。我没有兴趣去开启我的夜生活，但如果想以牙还牙的话，我就得变得活跃一点。

我也没办法邀男邻居上我的床，虽然这一定是最实际的方法，毕竟近水楼台，但可惜我的邻居们都引不起我的兴趣。我知道塔玛拉的先生苦恼他的小小弟弟(她曾经不小心说漏了嘴)；安妮塔的先生弗列德汉看起来就闷闷不乐的样子，我也很难想象跟他度过一个激情的夜晚。

此外，选择邻居也有些危险。要是这个被我挑上的男邻居起了贪念，想对我索需无度或是爱上我怎么办？更何况我也不像克里斯多夫，只会从近水楼台的开始挑。还有一个我不能这样做的最主要因素——安妮塔跟塔玛拉都是我最好的邻居，我不想她们最后变得跟我现在一样。

“怎么可能会是你？”莎宾娜感到很惊讶，叫道，“你们这对银色夫妻是我最后的希望，让我相信男女感情真的可以行得通的。”我看她比我自己还要激动，还要我来安抚她。其实这有点怪，我本来还期待她可以安慰安慰我。

在她哀号完毕后，她首先想知道的就是那个蜜雪儿小妞的底细。“安德蕾雅，知己知彼才能百战百胜啊！”

我告诉她我知道的事情：“她长得像安吉丽娜·朱莉那样美，然后我老公就愚蠢地以为自己是布拉德·皮特。哦！还有，她很聪明，再加上讨人厌的有教养。”

莎宾娜仔细地听着，想了想说：“我们明天就去瞧瞧这个稀有动物。”去看对手庐山真面目的主意很诱人，但同时也让人感到紧张害怕。

“好，”我说，“我同意你的做法。但是我们该怎么做？

我们总不能就这样冲去事务所，然后盯着她瞧吧？”

“当然不行啦！”莎宾娜笑着回答，“我们可以暗中埋伏，偷偷去看。她终究会有要离开办公室的时候吧？这样的女人也是需要午休的。”

大抵来说，我觉得这个点子很棒，但这个做法让身为太太的我感到很没面子。真是超尴尬的！我活像个把跟踪当成兴趣的低级征信社人员，而那个跟踪的对象刚好是抢走我老公的人。这不仅牵涉到做太太的面子，还关乎到胜利的问题。

这个策划行动让我觉得乐趣十足，甚至忘了我其实很火，然后婚姻摇摇欲坠这件事。

“给我蜜雪儿的电话号码。”莎宾娜跟我说。她是想事先打个电话通知她我们要去吗？

“我们不是巴望她请我们吃晚餐，我们是要监视她耶！在这种状况下，通常不会先打电话通知吧？”我告诉她跟踪最基本的原则。

“我知道啦！”这个新生代的玛塔·哈丽①打断我的话，“我只是想对她先有个初步的印象，最起码是听觉上的印象。从声音或多或少也可以听得出她是个怎样的人。”

虽然我觉得不是很必要，但我还是答应去要她的电话。我根本不知道她的电话，毕竟到目前为止，我没有任何理由去知道她的电话号码。从策略上来看，如果我现在

---

①：玛塔·哈丽是著名荷兰女间谍。

去问克里斯多夫的话，那也太不聪明，而且也太明显了。

我和莎宾娜约了明天下午见面，我会去接她下班，然后讨论我们巧夺天工的计划。

当我挂了电话后，我的情绪明显地好了许多，剩下的时间，我决定要用来保养。光是身体保养就真的可以花上好几个小时的时间，我承认我之前在这方面是有点疏忽了。虽然我知道一个好的妻子应该要好好保养，持续让自己保持在一个良好状态，看起来美美的。基本上我也是觉得这很重要，但从现实的角度来看，要做到这点真的是很困难。

整天跟小孩混在一起已经够累的了，如果晚上时间都用来做全身去角质这种事似乎也有些浪费时间。再来，我很少穿裙子，所以如果腿毛长出来没刮，也不是太严重的事。我当然也不会放任它乱长啦！而且到目前为止也没听我老公抱怨过。好吧，或许今天晚上不是该想断腿送医故事的时候，而是我脱离毛毛腿的好时机。

我越想就越觉得这整件事情越来越错综复杂。我在脸上敷上面膜，对付我的腿毛，又刮又拔然后涂上乳液。虽然我用的抛弃式刮毛刀已经有防护设计了，但我还是又把自己给刮伤，在脚踝上划了一道。我连刮毛都不怎么有耐性。

这是件好事，但谁知道，或许我的胴体很快就要接受某个男人目光的巡礼。而每个女人都知道的，那些有潜力变成爱侣的男人对裸体的第一眼印象总是很挑剔。

人越老需要动工的地方就越多，而且想要抵抗地心引力根本是件不太可能的事。“我一定要把灯光调好，如果时机成熟的话。”我这么想。“然后最好是可以赶快躺下来，这样肚子看起来会比较平，胸部看起来也比较不会下垂，而是往侧边倒。”但这得一步一步来。现在让我心动的不是因为可以体验新男人，而是我要主动出击这件事，当然也包括了艳遇的部分。

光是想到马上可以有全新的体验，就让我心醉神迷起来。我花了一个半小时才把我的身体给整顿好，当然只限于我能力所及的范围。像妊娠纹就不可能涂了乳霜就马上消除，至少光是一个晚上是绝对不可能的。从今天起，我一定要每天都乖乖擦乳液，这已经不是我第一次下这样的决心了。可惜在家里的浴室没办法自己抽脂或割眼袋。想想看这是个多棒的点子：一个小小的机器，可以在晚上刷好牙后，在需要被改善的部位抽出过量的提拉米苏或是小肉排。

我甚至还在脚趾上擦了指甲油，通常只有在夏天我才会这么做，但既然都已经下了那么多功夫了，我可不想败在脚上。谁知道我会认识什么样的人，听说有不少男人对脚有特殊的迷恋。我选了一个干净的红色，因为用带有橘色的指甲油会让我的皮肤颜色看起来很惨淡。我想橘色应该只适合有雀斑或古铜肤色的女人。在选择指甲油的颜色上，我绝不会跟流行低头。法式指甲彩绘涂在保养好的脚上看起来美极了，但这需要相当的耐心。先要上一层又一层的指甲油，然后再小心地将细细的白色边缘给画出来，这样完成之后看起来会比较自然。但这一点都不适合我，因为我每次边边都会涂得不整齐，然后看起来就会很愚蠢。

我的红色指甲油已经干得差不多了，不过只要多涂几层，看起来就会很完美。反正也不会有人拿着放大镜对着我的脚，从上面看下去还可以。

当我爬上床时，克里斯多夫已经在被子里了。在他做了那些事之后，我还想跟这个男人睡在同一张床上吗？如果我现在躺在他旁边，这是否代表我已经原谅他了？我很犹豫，最后还是决定去睡沙发。

我拉了一条被子蹑手蹑脚地溜走，克里斯多夫意识不清地咕哝了一声，但也没发觉我在做什么。我觉得我做了正确的抉择，他好歹也可以敲敲浴室门跟我说声晚安吧？他到底在哪刷牙的？他不是已经两个晚上都没刷牙了吗？还是在蜜雪儿家里已经有他的专用牙刷了？这个贵妇一定是随时都准备好跟浴室瓷砖颜色相配的客人专用牙刷。是这样还是……管他的，这关我啥事啊？我睡在客厅里，其实感觉还蛮不错的。

Chapter7

战争进行一步曲:新工作

第二天早上，沙发全花了。没错，是我的指甲油弄的，应该是因为最上面一层还没全干的关系。现场看起来像是刚发生过凶杀案或是那种带有链锯的惊悚片拍片现场。我先把一个抱枕放了上去，今天还有事情在等着我呢，而且反正指甲油也已经完全干了，怎么样都不怕它会再掉色！

克里斯多夫跟昨晚一样，依旧保持缄默，连“昨晚睡得好吗？”或“今天过得如何啊，宝贝？”之类的问候都没有。日子还是像往常一样，反正我们也不是第一天这样。他带马克去幼稚园，克劳蒂亚则是自己走路去学校。

离开家门时，他匆匆地朝我丢了一句简洁有力的“拜拜”，在我有任何回应之前已看不见他的人影。把餐桌整理好后，我又一个人清静地喝了杯咖啡，然后准备出门去。

今天的行程很满，我差点忘了今天要跑一趟劳工局。不管跟克里斯多夫有什么样的变化，我一定要找一份工作。万一他突然搬出去跟蜜雪儿小妞同居的话，我就更需要工作了。

下午还得跟莎宾娜进行跟踪的任务，平常都是喝咖啡聊是非，偶尔换换口味也不错。当然啦，我的造型也必须跟着换才行，平常我这个做母亲的是不会去穿套装的，但为了去劳工局我得装扮一下，盛装之后的我看起来还真可以把人唬住。就算我不幸出了车祸什么的，还可以展示一下我光滑的小腿还有鲜红的指甲油（虽然有一点糊掉）。

在半路上我狂打电话，看哪里可以安顿马克和克劳蒂亚。我虽然对侦探的工作没啥概念（这可是我第一次出勤），但好像没人从事跟踪任务还带小孩一起去，虽然说拿小孩来当幌子也不错，但我不认为这两个小鬼会对戴着墨镜坐在车里个把小时观察事务所动静感兴趣。

还好我给这两小鬼找到了临时收容所。我声称要去看牙医，但上午挂号已经额满。我很会装，形容到我觉得牙齿真的快要痛起来了！当然啦，最烂的办法就是和盘托出："您知道吗，其实我是要去跟踪一个疑似我丈夫情妇的女人，带小孩去可能不方便。"

劳工局位于市中心的外缘，停车不是太方便，所以我在距劳工局半公里外的地方就把车停好了。我今天可没心情去处理汽车拖吊的事，最起码我的车不要被专业的拖吊公司拖走。

就在我走过街道时,看到了让眼睛为之一亮的广告:“新鲜兼职中介公司”,这或许会适合我。如果他们愿意雇用我的话,那我马上就可以少跑劳工局这一趟。或许是命运吧,这份工作正在等着我呢!

我想着想着便拐了个弯,无论如何起码也要试一下!反正劳工局什么时候都可以去。

多年前我跟一家兼职中介公司签下合约,当时他们把我中介到莱茵——缅因电视台而被录取。可惜这间公司已经消失了,好像是因为类似诈欺的缘故。我当然听说过兼职中介公司根本就是剥削者,大部分的盈余都是被他们吞掉,然后付给劳动者少得可怜的钱。但是依我现在的情况来说,他们要付我多少钱,我才不在乎呢。

这间名叫“新鲜”的兼职中介公司看起来还不错,给人明亮又新潮的感觉,我看这些应该都是从员工,也就是那些兼职者那里挖来的钱吧。招呼我的那个员工看起来就一副惨淡的样子,从他的肤色来看,我敢说他一定已经有好几年的时间没有呼吸到新鲜的空气了。“新鲜兼职中介公司”——还真名不符实啊!不管怎么样,光是不用苦等这件事就让我对他们有个不错的第一印象。这个招呼我的员工也挺亲切的,不会过度热情。

很好,现在我知道我根本就挤不进就业市场。“真可惜您没学过技术方面的东西。我们这里有很多电子技术人员跟工程师的职缺，最缺的就是机械工程师了。”真是太不可思议了，真是太不可思议了！我只做过运输公司的业务，而且离开这行也已经好几年了。

“我曾经在电视台做过编辑助理，操作电脑没问题，擅长团队工作，然后精通 Excel。”这点我一定要强调，因为我对自己使用 Excel 的能力感到十分自豪。我相信没有人制作表格的能力可以强得过我。

“现在这几乎算是必要的基本条件啰。”这个灰脸的家伙削弱了我原本亢奋的精神。早知道会这样我直接去劳工局就好了。谈了不到五分钟，我就有股想跳起来对他大喊：“不然算了好了，先生的冲动。”

不知那些每周都要坐在像这种家伙面前听他趾高气昂放冷箭的感觉如何？怪不得有些人宁可躺在沙发上也不愿出来找工作。来这种地方就是要找工作嘛，如果我想得到这种快速又见效的羞辱，我直接站上磅秤还快一些。

这个家伙自己一定也不是什么工程师，只是个行政人员罢了，这点我一定要说出来。“希勒先生，您应该也不是工程师吧。”我用十分友善的语调说着。

“哦，当然不是，当然不是。”希勒先生回答，他茂密的八字胡让他原本就薄的嘴唇看起来更薄了。不管怎样，我算是扳回一成了。

“我是人事专员，”希勒先生连忙解释，“而且我现在还在进修心理学。”好啊，现在想要给我好看，这个希勒先生,别以为他会的我就不会!

“真巧啊,”我强调,“我的情况跟您很像耶!我现在也在进修教育。”我想,有几年养育孩子经验的人应该有资格这样脸不红气不喘地声称吧。我心里默默地向所有真正的教育学者说抱歉。

“这样啊。”希勒先生低语,“那我们可以来看看,这里有没有适合您的工作。”

“幼稚园的助理可以吗?”他语带期待地问。我真应该告诉他,这跟我目前的“工作”性质很雷同。幼稚园的助理不就跟家里的妈差不多?

“嗯…这应该不是太适合我吧,希勒先生,您知道的,这个工作完全用不着我在业务方面的专长，薪水可能也不是太高。”虽然他还没讲到薪水这方面,但光是幼稚园老师的薪水就不可能多到让人感激得痛哭流涕了，所以我根本也没兴趣知道幼稚园老师的薪水到底是多少。

“好、好。”希勒先生只是这样说道。真烦耶,他说话老是会有重复的习惯,不知道他私底下说话是不是也这样?跟他有关系的女人还真可怜。

“有个主意或许还不错,”希勒先生突然这样说道,他看起来兴奋极了。

“您说说看。”我充满期待地问。

“是这样的,一家颇具声名的律师事务所从后天起要找一位柜台小姐，工作内容大概像是接接电话或是替客人约时间等。待遇还不错，有粗浅的法律知识尤佳，是一个代理职位，半天，时间拉长亦可。看样子很急，他们早上才刚来过电话。”

克里斯多夫在念书的时候我常在旁边看着，我甚至还帮他订正过他第一次参加国家考试的论文呢！虽然这算不上什么正式的法律知识，但起码我知道法律条文该怎么写。

“这听起来不错。”我说道。然后又再加了个好字，“好，好。”听说模仿谈话对象的说话习惯是创造良好谈话气氛的最佳策略。

我出示了一些相关文件，填妥申请表，同时也感到讶异，因为事务所竟然给出不扣税十三欧元的时薪。当我听到事务所的名称时，我更是惊讶。但我还是保持冷静，不动声色。

“啊，朗格纳与伙伴事务所听起来很棒，有听说过，应该很不错。很好，很好。”我继续使用希勒先生的说话模式。我不觉得这时候招供出家庭纠纷会有任何好处，然而光是想到可以早上比他早一步出现在事务所里，然后用显微镜仔细端详那位幸运的小妞就让我雀跃不已。

然而还是可能会有一些困难之处。“我还需要亲自去那里面试吗？”我小心翼翼地问，因为如果是这样的话可能会有一点小小的麻烦。不过也还好啦，毕竟事务所里除了朗格纳之外几乎没人认得我，而我相信，像应征助理这种小事,他应该不会亲自处理才是。

“不用、不用。这就是他们找我们的用意,他们知道我们值得信赖。前不久我们才帮他们找到了一个很棒的职员呢,他们高兴得不得了。他们知道:‘新鲜兼职中介公司说到做到。’您只要后天九点准时出现在那儿就好了,打打电话您应该是没问题的吧?”这句话还真不太客气,不过我还把不满是吞了下去。

他递给我写有地址的纸条,我必须压抑住想尖叫出:“我知道在哪里!”的情绪,理论上来说,我甚至还有便车可以搭呢!但我绝对不要把上班的地点透露给克里斯多夫知道,到时我可要亲自看看他那张吃惊的蠢脸!

“您可以信赖我,希勒先生。后天九点我会在那里的。”

“对了,还有一件事情,施耐德小姐,着正式的上班服装为佳。”他严厉地说道,同时一边打量我。

难道我现在是穿着热裤还是中空装吗?他在想什么啊?我看起来像是个不知道不可以穿拖鞋去上班的蠢蛋吗?我现在身上穿的可是我最棒的长裤套装呢!这套衣服花了我大把的钞票,它绝对比希勒先生现在身上穿的那块灰布还要昂贵!不过说真的,这块灰布跟他的脸色还真搭。算了,谁知道他在这里能赚多少?为了让他高兴点,我乖乖地点着头:“这是当然的啦!希勒先生。”

看得出来这个回答真的让他很开心,但也或许是因为这间中介公司一小时可以拿到二十五欧元,扣掉分给我的十三欧元，意思也就是说，我每工作一小时，他们就可以从中抽取十二欧元——那可是我赚来的，这样的做法还真是无耻啊！但我还是很高兴能够有混口饭吃的机会，而且又刚好是这份工作，真是太棒了！如果这是我接下来半天的好兆头，那就太完美了。

我彬彬有礼地道了谢，在合约底下签名，然后跟希勒先生道别。如果一切都顺利的话，我一定要找个机会送个水果篮给他，从他脸色就可以看得出来，他急需吸收一些维他命。

我终于可以开车回家，然后洗洗衣服再用吸尘器打扫一下地板——如果我想的话！我是说，反正也没人等我，孩子在外面给人家带，克里斯多夫在上班，衣服就算不洗，到了晚上也还是会在那儿。距离跟莎宾娜约定的时间还有几个小时，我决定在市区里逛逛，光是想到有自由时间就够让我兴奋的了。要是我单身的话，我就有用不完的自由时间，然后只要做我觉得最必要的事情就行了。

我在最近的一家咖啡店坐下来，独自庆祝这次签约成功。通常在这种情况下我会打电话给克里斯多夫，但我们通电话的频率自从那晚过后已经趋近于零了。这样说还算是客气，因为我们根本没有再通任何的电话，连最普通联络安排事情的电话都没有。我都还不确定他到底还记不记得我今天要来劳工局的事，但最迟在后天他就会想起来了！

我继续幻想着单身生活。我最爱这种“如果……就会……”的思考游戏了。如果没有小孩，没有丈夫，那会是怎么样？周末可以睡到饱、出门多久都没关系、只要洗自己的脏衣服、只买自己喜欢吃的东西、不用一直煮饭，没有人要我载来载去、想睡就睡……一切只需要满足自己的需求就好了。

我一边想，一边就觉得那些单身的人所说的悲情让人无法理解，他们根本就是人在福中不知福嘛！搞不清楚自己过的生活有多棒，我搅拌着我的卡布其诺一边想着。像莎宾娜就经常抱怨，说她有多想念有人可以让她关心照顾的日子。我可以理解，有关心照顾的对象想起来的确是很不错，但从现实层面来看，要付出的劳力与精力却难以估计。

“这就是被需要的感觉，这样的感觉让生命有意义，因为你知道有人需要你。”这是莎宾娜的说词。我也很喜欢这种感觉，但单单这样是不够的。

我常跟莎宾娜提议，要她过一个星期我的生活——有点像交换生活那样（就像电视上那个《交换女主人》的节目一样）。我相信一个星期过后她一定会很乐意并且兴高采烈地回到她原来的生活。要是女人知道在组织家庭后将走入什么样的境界，她们一定会考虑再三。我知道这样的论调听起来很坏而且很自私，但在自己私密的想象空间里，自私的想法有权力得到小小的自由吧？

我会这样想，并不表示我爱得不够。我爱我的孩子，在昨天之前，我对我先生的爱也是很坚贞的。爱其实有一小部分就是付出，只是对我来说，有些时候还是会有一定的困难。更何况人都会希望在付出后可以得到回报，可这在孩子还小的前几年根本是不可能的。一些不是那么讨喜的日常工作，像是家务，他们根本无法参与。回报你付出的，就只是情感上的正面回应，正所谓“甜蜜的负荷”。当然啦，当一只黏巴巴的小手直伸来摸你的脸，你会觉得那种被爱的感觉很棒。

如果按照早期的生活模式，我想这一切会公平些。因为把孩子拉扯大后，他们在你年老的时候还会照顾你。但是现在这个年头，孩子要是肯来养老院看你就算你走运了。不管怎么样，我有两个孩子，我走运的机会还是会大一些。

“我可以坐这里吗？”某人打断了我“如果……就会……”的思考游戏。我抬头看，希勒先生，那个灰色的矮小男人，就站在我面前，笑容满面地看着我。

“当然了，希勒先生。”我说道，虽然我现在其实不是那么希望有人陪，更不用说这个人还是希勒先生了。

“午休啊？”我还是很有家教地为我们的对话起了个头。做人要懂得心存感恩，好歹这个男人在一个小时前帮我找到了个工作。

“是啊。”他回答，“其实老实说，我是在做训练。”难不成这年头大家已经把午休当成是一种训练了？他到底在说什么啊？

“我现在在上一个理论与实务的课程，然后我会利用午休来当做我实习的一部分。”我还没开口问，他就自顾自地解释起来。

难不成他有咖啡厅恐惧症？还是他不敢踏出屋子？可怜的家伙，他黯淡的脸色一定是因为长期为恐惧所苦，经年累月家门一步都不敢踏出来，是个恐惧症患者。

想到这里，我不禁称赞起他：“是吗？那真是太棒了。我觉得您做得已经很好了。”我给他正面的鼓励。

“您觉得我做得很棒？”他问道。

“我认为，如果一个人可以克服自己的恐惧，终于可以走到户外，这是一件很棒的事，您的分析师一定也会这样告诉您的。”

他呆了一下，“什么分析师啊？我是参加一个叫做‘认识人好轻松’的调情训练课程。”我想这就是大家所说最典型的各说各话吧。原来灰脸男在上调情训练课程，但他跑来我桌边干吗？这意思是，他在跟我调情？救命哦！

“您也喜欢喝卡布其诺呀？”他开始转移话题。他八成了解到，刚刚那样开门见山地说他有参加调情训练课程是个不太帅气的表现。

“当然啦，不然我就不会点了。”我回答，同时思考着该怎么样优雅地摆脱这个色欲熏心的灰脸男。

“如果您也喜欢喝卡布其诺的话，下回我们可以一起喝一杯。”希勒先生展开行动。

“我们现在就是啊，希勒先生。”我试图安抚他，“我们是在喝卡布其诺啊——好啦，至少我在喝，如果您跟点餐的小姐说您也想要一杯，那不就算是我们一起喝咖啡了吗？”

“嗯、嗯、嗯。”他尴尬地结巴了一下，“嗯……我觉得您非常，非常地有趣。”天啊，他开始展开第二阶段的行动了，赞美是把猎物带回家前的一个必要手段。

我得准备出击了，不然我看他待会儿就会开始碰我。他不时就用舌头去舔他那薄薄的嘴唇，然后用手拨弄他那几乎没几根毛的头发。我想，肢体语言应该也是那课程的主题之一吧？像这样舔嘴、用手滑过头发一定是种暗示。我必须快刀斩乱麻！

“希勒先生，谢谢您的赞美。但之前我完全看不出来您觉得我这个人很有趣，当然您这样说我还是很高兴。”

正当我想跟他把话说清楚时，希勒先生清清嗓子说道：“老实说，施耐德小姐，我也不觉得您多有趣，但当我看到您坐在这里，我心里想：我至少跟她有点认识，她不至于一下子就跑开。而且帮我们上课的老师郭尔格纳先生告诉我们，如果我们不知道该说什么的话，就应该说对方‘有趣’。”

他还真高招，骂人不带脏字，才短短一句话就藏了那么多的狠话：我不有趣，而且除了不有趣之外，看到我也不知该说什么。他会跟我讲话，只是因为他知道他帮我找到了工作，我不可能马上逃开。说来说去又是扯到工作，真是让人兴趣全失。

“希勒先生，我想您还需要非常多的训练。”我严厉地对他说，同时恶狠狠地盯着他瞧。

“施耐德小姐，很抱歉，我……唉……我只是……我就是没有办法。”他吸着鼻子说道。我的老天爷啊！他该不会要在咖啡座的正中央开始给我哭吧？没错，他哭了，而且还哭得非常大声。

“我总是会搞砸。”他抽抽噎噎地说，“我看得出来，连您都不喜欢我。”他又说出“连您”这种差劲话，但在这个节骨眼我也不好再打击他，我看他真的快不行了。我递给他面纸，拜托他先冷静下来。

整个咖啡座的人都尽可能地假装没在盯着我们看。大家一定都认为我给希勒先生带来很深的伤害，刚跟他谈分手还是什么的。真是尴尬啊，因为被这样认为的话，那不就表示我曾经跟他交往过？不管怎么样，他的眼泪很显然让我当场变得不受欢迎。拜托，真正没礼貌的人可是他耶！

终于他的脸色渐渐好转，眼泪也慢慢被压抑下来。“对不起，施耐德小姐，我一定得这么做。”他说道，并且彻底地擤了擤鼻涕。

“请忘了我之前对您说过的话，您是个善解人意的好女人，我还是不打扰您好了。像您这样的女人是不会跟我这样的男人交往的。反正我也不是第一次吃闭门羹。”

哼！希勒先生终究还是把事实给说出来。我是一个好女人，就算目前我身边的某些人好像还不是很了解这点。

“还是您肯赏光跟我出去？”他害羞地问。

天啊！我现在到底该怎么做？如果我说不，我敢保证他一定又会开始号啕大哭。“好吧，为什么不呢？”我只好这样回应他，同时希望他能很快忘记这件事情，不然我就得把有先生的事实给搬出来。

“但我现在得走了，希勒先生。”在我对他说这句话的同时，他点的卡布其诺刚好送上来。

“您就让我在这里静静地坐着吧，这是唯一的办法。”他又轻轻地擤了一次鼻子。

“我已经结婚了，希勒先生。但我还是可以坐在这里等您静静喝完这杯咖啡，觉得好一点后我再离开。”我打出底牌。

“哦，您已经结婚了。像您这样的女人，我应该想得到的。”老天，他还是有他的迷人之处。不久前我还是个不有趣的女人，然后他现在又说出“像您这样的女人”这种好听话。

“您觉得幸福吗？”他很随性地这么问我。这是什么问题,我幸不幸福?我想告诉他:“是啊,那是当然的。”但是话到嘴边还是说不出口。在希勒先生刚刚经历了这一段犹如衣服被人当众扒光的精神刺激后,我觉得我不应该用这种简洁的答案来应付他。“算是啦,但我们目前的状况非常地混乱。”我开始说。

转眼间,我开始向在两小时前还是个陌生人的他诉说我的人生故事。希勒先生是个很棒的倾听者,很有同理心,他会在适当的地方发出叹息声,而且最让我感到安慰的,是他完全站在我这边。虽然这对整件事情不一定会有帮助,但至少他让我觉得舒服些。之前他那让我听到就刺耳的说话重复习惯,突然之间变得好像不那么讨厌了。

“让我来帮您吧。”在我正对他说出我复仇计划时,他对我说。他会想要扮演男生版正妹蜜雪儿的角色吗?

“对了,我叫黑尔穆,黑尔穆·希勒。现在起我们算是工作伙伴了,不用再那么客气地用‘您’来称呼对方了吧?”他向我微微地弯腰示意。

“我是安德蕾雅。”我说。就在那瞬间,他那薄薄的唇印上了我的脸。要不是我反射性地将脸向旁边撇,他早就吻上我的唇了,还好只是被他亲到脸颊,感觉其实还不错。或许刚不该那么急着向黑尔穆透露我的婚姻生活的,不过谁知道,或许他真的可以帮上忙也不一定。

“我们今天晚上就一起出去吧。”他建议,显然刚才的亲吻让他整个人活了过来。这紧迫盯人的招式,我看八成也是在调情训练班练就的工夫。

“我不知道我今天晚上可不可以出来，我是指可能会因为小孩比较麻烦。”我试着降慢事情发展的速度，但他根本不把这当一回事。

“嗯……这件事跟我喜不喜欢一点关系都没有。”我的新朋友向我抱怨，“这件事是跟你有关耶！你必须要给你先生一点颜色瞧瞧才行，让他吃醋。我打电话给你，然后你就说是因为要谈找工作的事要出去一下。”

惨了，工作。我唯一还没跟黑尔穆坦承的事，就是我先生在他中介我去的那家事务所上班。我是不会说的，现在还不是时候。尤其我们的友谊才刚建立起来，谁知道他知道之后会不会说：“安德蕾雅，真的很抱歉，我们不能这样做。”

“现在到底怎么样，安德蕾雅？”他很坚持，“我们今天要一起出去吗？”

为什么不？再怎么说也差不多该是展开报复行动的时候了。希勒先生虽然在外型上跟我之前想象的对象有点出入，但我想在刚开始的阶段他应该还可以过关。如果他肯在外表再下点功夫的话，看起来应该是不会多差劲才是。只不过他那灰灰的脸色真的非常不吸引人。此外，他会让我想起哈波·柯克林扮演的那个名叫霍尔斯·施蓝玛的白痴播报员，只是他没那么蠢，然后整个人又比哈波更灰一圈。他的头发太长，说卷不卷、说直不直，颜色也很混浊，说不清是哪种颜色，心肠好一点的美发师可能会说那是深金色吧。他头发所缺乏的就是光泽，而“缺少光泽”就是黑尔穆整个人最佳的形容与写照，他黯淡无光。他胡子应该要剪短些，或者甚至全部剃掉会更好。他从头到脚唯一对的，就是他那一身衣服。

仔细观察黑尔穆这个人，会发现他整个人散发出一种让人感到悲哀的气息。从外表就看得出来他没什么自信，好像正发出“我什么都不是”这样无声的呐喊。先前在办公室里倒还可以，现在没了办公桌及皮董事椅，还有配给职位那丁点权利在握的气息，他一下子就被看破了。在观察他的同时，我心中也升起了无限哀凄。他是不是男生版的我？我是不是跟他差不多，看起来也没什么自信？是不是也同样地毫无光彩？出自于同情之心，我真想大哭一场，为黑尔穆，同时也有一点为我自己，以及所有这世上其他黯淡无光的人。

虽然刚过中午没多久，但克里斯多夫依然一点消息都没有。以我目前的心情，真想打个电话给他。不！最好是马上开车去找他，抱着他大哭，然后让他好好地安慰我。接着听我老公，这个叫克里斯多夫的男人对我说：“心肝宝贝，这一切其实是个天大的误会。”

“安德蕾雅，你恍神啦？你还在吗？”黑尔穆打断了我的思绪。

“我得走了。”我告诉黑尔穆，同时也真的答应今天晚上跟他一起出去。如果克里斯多夫肯让步，或是在接下来的一个小时里打电话来，然后诚心诚意地跟我道歉，我就拒绝黑尔穆。

然而我不能把这样的想法告诉他，因为如果他现在的心境跟我差不多的话，这样对他也好，至少在今晚之前，他都还可以相信他今天终于有个约会。

他抄了我的电话号码并且对我说："安德蕾雅，这杯卡布其诺我请客。今天晚上我们就各付各的吧。"

我真想教训他一顿，但还是跟他道谢了。真是谢谢他在约会前就把话说清楚，意思是绝对不会替我付钱，但现在又超级大方地请我喝咖啡。我不懂耶！他对我哭，对着我诉苦乞求，我是真的同情他，但现在他却说出这样的话！如果我跟他再熟一点，我一定要告诉她，他说出那样的话比有口臭还要致命。他不知道女人很难接受小气鬼的吗？不，是根本不能接受！我也说不上来为什么，但锱铢必较的男人真的是极度不性感。

现在这个时代，小气的男人最喜欢用女性解放来当借口，还说什么："这不就是你们女人想要的！"说得好像两性平等论调是一种献殷勤的表现还是对女性的礼貌似的。

没有一个女人不希望男人可以养她（好啦，几乎没有），但如果男人能有点礼貌的话就更得人疼。更准确地说，是有一定的慷慨程度。慷慨的人性能力也会比较强，这点我深信不疑，这是种所谓甘于付出的性格。或许我甚至应该请黑尔穆，只是单纯地出自好意。一下子我付钱，一下子他付，这样会让人感到比较舒服。永远都跟对方算得清清楚楚的做法反映出一个人心里很多的想法。

我的老天啊！眼前这个人太需要被大改造了。我越去想黑尔穆的事，心里就觉得越舒服。我知道幸灾乐祸不太好，但黑尔穆这个人是我眼前唯一的悲惨事件，而现在的我急需任何形式的鼓舞。距离跟莎宾娜见面还有两个半小时，但我快要无法忍受继续跟黑尔穆继续待在一块儿了，不过他也应该回公司了。

如果跟他不熟倒还好，但是距离一拉近就会不自觉地被他阴郁的情绪影响。我开始怀疑我们晚上约会到底是好还不好？我们两个心情都那么糟，会有可能发生“负负得正”这种事吗？

我心里有这样的坏想法实在是不应该，为了弥补他，我决定要帮他一把，否则他永远不会有开窍的一天。我会老实告诉他我对他的想法，但这得等到今天晚上，或许等我们喝了一两杯酒再讲。

如此一来，黑尔穆就会改头换面了。我是大改造节目的粉丝，那种室内装潢改造前后大惊喜应该也适用在人身上吧？我要让黑尔穆跟改造房子一样，多一点颜色，也多一点光彩，这真是个令人开心的任务啊！

Chapter8

战争进行二步曲:新发型

我跟莎宾娜约好在行人步行区里一家叫“菈菈”的精品店前碰面。为了打发时间，我在街上闲晃着。当我看到橱窗里的自己时，我吓了一大跳。我的裤子看起来是不错，虽然紧贴在大腿内侧，不过还可以看啦。但是我的头就恐怖了——一个无聊至极的发型。虽然我的头发才洗过，但看起来却像是煮过的意大利面挂在头上，无精打采。如果要说这是种“发型”的话，还真需要一点勇气呢！我的发色跟黑尔穆的比起来也没好到哪儿去。我决定为自己做点好事，不能只是在那儿批评黑尔穆的发型，然后自己的头发看起来却像用指甲刀剪的一样（虽然它看起来的确是这样）。

头发一直是我最大的困扰，几乎所有和发型有关的女性杂志我都会买。但我想我每天早上都需要一个会用圆梳帮我吹整头发的人。可惜我不叫卡米拉，也没有嫁给查尔斯王子，所以没有一个月三千欧元的预算来搞这个，因此我只能自己找出路。我所能做的，就只有把留得半长的头发整个往后梳，然后再用橡皮筋绑起来。从橡皮筋窜出来的那一撮头发，乐观的人还是可以将它称之为马尾，但其实以它的量来看，称它为鼠尾应该会更为贴切。

我要去美容院，没错，我一定得换个全新的发型不可！市区里明明有一堆美发师，尽管如此已经有四个美发师跟我说没办法。

“您可以预约三个星期后的星期四，下午五点十五。”最后在一家很时尚的美发沙龙里，一个浓妆艳抹的柜台小姐充满鼻音地对我说。

可惜这对我来说一点用处都没有。如果我想要去美容院，那就一定得是马上！我不是个擅于计划的人，而当计划的事情又跟我的头发有关的时候，那就更不用说了。要嘛就是现在，不然就拉倒！谁知道三星期后我是不是又会改变心意。

可能我看起来很失望，因此这位小姐特别给我个例外。她看了看我的头发， 从她难以隐藏的惊讶表情马上就可以看得出来，她也了解这件事的急迫性。

“你可以马上让米罗做。”她告诉我。在我想问她为什么除了我以外没有人想跟米罗预约，还有为什么一个美发沙龙会要等到三个星期后才排得上时间前，她就向我解释:“米罗是我们这里的实习生，但他的实习已经快要结束了。”

我迟疑了,毕竟我的头不是给人拿来做实验的,但她已经在叫他了。

米罗是个块头高大,穿着一身黑的男孩,在他的左手臂上有个雄伟的老虎刺青,脖子上还挂了条项链,像是还兼职在做饶舌歌手似的。尽管我根本都还没答应要让他做,米罗已经递给我一条围巾,在我还可以说“不”以前,我已经被围上围巾,坐在镜子前面。

通常美发师的发型都令人惊讶地特别糟，但这点我很难在米罗身上下评断,因为他剃了个大光头,根本没有头发。至于这是提早掉发的问题,还是他个人造型,就不得而知了。

“嗨!”米罗跟我打了声招呼,“你想要怎么样的发型?”他直接用“你”来称呼我,这表示我看起来很年轻。

“我可以先看一些发型书,然后再从里面选一个适合我的发型吗?”我有点不好意思地问。

“发型书?”米罗看起来好像我跟他点了一盘特别辣的意大利卷心面一样。

我觉得以前那种把不同发型的照片放在资料夹里的册子对我总是很有帮助,但显然时代已经改变了。那我得想看看,我该怎么跟他解释我想要的发型。

“我想让头发多一点。嗯……看起来发量多一点。”我开始解释我理想中的发型应该看起来怎样。

“变魔术我可不会哦！”这家伙在那里欠扁地笑着，“所以一定要上点颜色。”他用手指梳开我的头发。

他的手指非常特别，第三指节，也就是长出指甲的地方，比一般人的长度还要长上两倍，最起码比第二个指节要长两倍。我觉得有些不可思议，这种小小跟一般人不一样的地方竟然会那么地引人注意。这个问题是否就跟我的头发困扰我一样地困扰着他呢？他自己到底知不知道这件事？这是家族性遗传吗？还是一种病？我不停地思索各种可能性。

“挑染很多颜色进来，像是蜂蜜色、灰色还有金色，然后再用一些淡金色来做重点式的挑染。”他打断了我对他手指分析的思绪，一边继续用他充满神奇性的手指梳着我的头发。

我怀疑他说了那么多的颜色，到底找不找得到足够的发量来染，但他如果觉得可以，那我也就闭嘴。

“好，我同意。”我说道。但光是颜色应该还是不够的吧？“头发末梢不要剪得太整齐，层次跟之前梅格·瑞恩的发型差不多就可以了。”我把我的想法告诉他。“但不是她演《当哈利遇上莎莉》时那个卷发造型哦！是她比较之后的发型。噢！就像简·芳达现在的发型一样，不过再长一点。”我想这样解释应该是很清楚了吧。

米罗盯着我看，好像我刚说的是蒙古话一样。“你说的是哪个梅格？哪个芳达？”他疑惑地问我。他不看时尚杂志也不看电影的吗？被他这样一问，一下子又显得我很老。我现在该怎么跟这个年轻的家伙解释谁是简•芳达，而且重点是，解释了又有什么用？就算他知道她是谁，也不会知道她现在的发型到底如何。

“我去叫我们老板过来。”他建议。好主意，我希望老板年纪大一些，然后最起码对梅格•瑞恩还有简•芳达长什么样能有点概念。

老板是个矮小的男人，也是穿得一身黑，头发要比他的实习生来得多（幸好是这样，不然我就要开始担心了）。旁人对于他的发型可能需要一点适应的时间，因为他旁分得很边，有点像是小马前面那撮鬃毛那样，这让他几乎只露出一只眼睛，也因此他的头总是要斜一边。对于这样的发型在日常生活中是否合宜，我真的心有存疑。我想，他把那撮头发绑起来可能比较不会引响他的视线吧。

他口里咕哝着像是跟我打招呼的话，然后头一挥，将他那小马般的鬃毛往上甩，终于看到他的两只眼睛了，让我稍稍放了心。

跟我打完招呼，他转向米罗，“你打算怎么处理？”他问他的实习生。我觉得他用“处理”这两个字好像不是太有礼貌。

“用不同金色调的颜色局部重点式挑染，然后她希望有点层次，大概像是两年前流行过的那样。”这对我真是当头棒喝，我像是个无可救药跟不上流行的笨蛋。不过想到简·芳达也没好到哪里去，我就觉得好一些了。更何况，如果老板头上的发型才叫做最新流行趋势的话，那我还是选择过时的发型比较好。

“我的发梢不想剪得太齐，但是也不要像被狗啃的一样。差不多就像简·芳达现在的发型，然后再长一点。”我向老板再说一次我的想法。

他咕哝着：“嗯、嗯。”这是表示他同意我的说法，还是只是让我知道他有听到我讲的话？

“您懂我的意思吗？”我又问了这位大师一次。毕竟这事关我顶上问题，我提点意见应该不为过吧？

“我懂。”他说。在他再一次拿起我五根头发端详之后，脸部表情因担心而扭曲了一下说，“我比较建议削短发，那种层次打很高的超短短发，就像米雅法罗在《失婴记》那部电影里的造型。”

米雅法罗在《失婴记》里的造型？那是我看过最恐怖电影里的其中一部。里面那个发型我还记得，十足的男生头，但真的很适合米雅法罗。只是必须要认知到的是，米雅法罗的体型是属于奥黛丽·赫本那一型，苗条并且精致，体型扁瘦，我根本无法跟她相提并论。我属于易胖体质，就算我不算肥，也绝对不是精致那一型，我是走肉肉路线，只是还没气候成为真正的胖子。

为什么一定要短发？是要让我的塌鼻子比较容易露

出来给人看到，还是因为我的发型已经让人无计可施了？不管这位美发大师多么建议我剪短发，我都不会同意的。我才不要剪成短发呢！不是因为我觉得别人剪短发都不好看，而是光是想象自己剪短发的模样就觉得很恐怖。

“不行，绝对不行。”我清楚地表态。我才不要轻易地让人说服呢！毕竟要跟我发型生活的是我自己。如果真的剪了短发，克里斯多夫一定会吓死——在目前这个节骨眼上可以算是个优势，但这在跟蜜雪儿第二回合的抗战上并不会让我特别吃香。

“这是您的头。”美发师说，听起来有点恼怒。

“没错，这是我的头，所以我希望可以自己决定。维持长发，但是要打层次，然后多一点颜色。这就是我想要的。”大师向米罗点了下头，然后耸耸肩走开，看起来好像是在说：“那就替这个学不乖又没概念的家伙在她少得可怜的头发上打层次好了。”

大师都还没走远，米罗就赞同我的想法，对我说：“嗯，我也觉得那么短的短发不适合您。”胆小鬼，既然也这样觉得，那刚才干吗不说？不过他只是个实习生，多少也是受到牵制。

“先染发，然后再剪。”米罗跟我说明接下来的步骤。

半小时过后，我瞪着在镜子中头上满是挑染用铝箔纸的自己，看起来像是头上戴着银色皇冠的外星人。但米罗很开心，因为挑染所花的时间很短。

“有的女人光是挑染就必须花掉我两小时的时间。”他骄傲地告诉我。

大师又走过来探查状况。都是这样的，在这家流行发廊里，他们不会让这些实习生随便胡搞。

在他视察了我头上的铝箔纸后，他走向坐在离我两张椅子远的女客人，她的头发真是笔墨难以形容。如果以我的发量为基准的话，她的头发大概可以弄出四个我的头，真是让我看了眼红啊！她开始抱怨她的痛处了：她想把她的头发弄塌一点，而且我有感觉，她眼睛不时地飘向我这儿来，然后抱怨得更大声。真是人在福中不知福。

经过二十分钟后，我的铝箔纸被拿下，然后去洗头发。头发湿湿的看起来颜色效果还不错，挺自然的，让我安心不少。接下来就是剪的部分了。米罗不是个爱聊天的人，他很专心地漫无章法地剪着我的头发，看起来相当专业，最起码从我目前可评判的程度来看。

我有点紧张。他剪啊剪的，当他终于放下手中的剪刀时，我的发尾刚刚好碰到肩膀。

“我这样还绑得了马尾吗？”我害怕地问。

“不行，我不觉得可以。”他说道，一点也不为之动摇。

之前不是讲好是长发的吗？我被吓到，觉得自己像是个一点都不会游泳的孩子在游泳池里，套在臂膀上的救生圈突然被拿掉一样。

“你要的是一个发型，而不是马尾吧？”他继续说。话当然是这样说没错，但我不喜欢这样完全没有补救的后路。唉！太迟了，剪都已经剪了。

他用梳子帮我吹整头发，十五分钟后看到的成果让我大吃一惊，太棒了！我的头发自然地披落，金色又有光泽，我真想亲吻这个家伙。

“太棒了！”我称赞米罗。

他笑着说:“很高兴你喜欢。”镜子里的自己让我几乎无法将视线移开，我一下转这边、一下转那边，用手甩了甩我的头发，觉得兴奋极了。

可惜账单也是令人大吃一惊:挑染八十九欧元，剪发五十九欧元，此外米罗还说服我买了吹整梳、维持亮度的保养液，还有一瓶呵护秀发的特殊洗发精，因为据米罗的说法，我的头发不用这瓶洗发精不行。林林总总加起来总共是两百二十七块八十分欧元，这些钱够我去做接发的了。

不过那种用热胶接上的人工染色头发，在稀疏的头发里看起来通常会怪怪的，藏也藏不住。一般要接发都要有一定的发量，因为假发是接在自己头发的里层，而头发少的人根本没有所谓的里层。像我，头发连耳朵都遮不住了，如果接发的话，接发粘胶的地方一定一眼就看出来了。基于这个原因，接发不适合我。

两百二十七块八十分欧元是一大笔钱，但是我的头发看起来真的很美。这样的钱至少足够我在镇上的美容院里消费五次了，不知道莎宾娜看到会说什么。

我又另外塞了五欧元给米罗，道了谢后就离开美容院。他给了我一张卡片，然后对我说：“五个星期后见喽。”我完全没有想到这点，要保持好看的发型就得定期修剪。但或许之后在我们那里的美容院修剪就可以了，如果已经有个不错的型，只是修剪应该不会太难才是。

我在担什么心呢？现在应该好好享受这两百多欧元带来的奇迹才是，毕竟这是我第一次在离开美容院后没有马上想把头塞在下一个找得到的水龙头下，改变一切的冲动。这次我真的是起死回生了，一个超级美发师竟会带来如此的改变。现在的我觉得自己还真是迷人啊！

正当我匆忙地赶往跟莎宾娜约好的地点途中，每个可以映出自己的橱窗都让我目不转睛。我的头发可以看起来如此，真的让我觉得不可思议。发梢活泼地往外翘，我觉得我现在看起来年轻、保养好，简直是美呆了。尤其是挑染的颜色多采多姿，金色还真是个让人容易亲近的颜色呢。

莎宾娜已经在那家叫“菈菈”的精品店门前等我了。我迟到了五分钟，而且差点就认不出她来。莎宾娜穿得一身黑(外面罩了一件米色长风衣，领子竖得高高的)，然后戴着一副几乎把整个脸都遮起来、看起来像极了苍蝇的的时尚太阳眼镜。外加头上还绑着一条葛丽丝·凯莉风的金色小马蹄牌头巾，绕过下巴再向后缠绕起来。

我在她的脸颊上义务性地亲吻打了招呼,然后问她:“喂,你是被扁了还是去动美容手术啊?还是你变成回教徒了?”她贼笑着。

“你忘了我们今天的任务了吗?”她问道,“当间谍不可以被认出来,伪装为上上策。”

她说的不是没道理,但是通常来说,伪装的意思是看起来要不引人注目,绝对不可以吸引大家的注意力,要有本事消失在人群里。这样的论调在莎宾娜今天的装扮里根本不成立。她看起神秘异常,因此也十分地引人注目。但老实说,她这样的装扮要比平常来得高雅多了。

莎宾娜觉得有本事就要表现,她的至理名言是:若要吸引男人,女人难以捉摸地耍气质是行不通的。也因此她穿衣的风格总是比较暴露一点。克里斯多夫觉得,她的穿衣品位几乎就快要到俗气的地步了。我偷偷告诉莎宾娜,毕竟她是我的朋友,但她却说:“就是要看起来这样,接近俗气的边缘。”

她从她的包里拿出另一条丝巾,“这是给你的,我早就料到你不会想得那么仔细,它看起来很像是Hermes的吧!”她疯了吗?这可是我花了两百二十七块八十分欧元的去弄的发型耶,这头又软又令人赞叹,而且还是第一次可以正大光明被称为“头发”的秀发,我绝对不准它委身于头巾之下。

“莎宾娜,你看看我的头发,这万万行不通的啦!我刚去美容院做的，而且还砸了一大笔的钱，将近两百三十欧元耶！”

她打量我的新发型，“不可思议，弄个头发就花那么多钱，但是看起来真的很赞。”她跟我一起开心，然后善解人意地将原先替我准备的丝巾又塞回皮包里。

“因为这个新发型，你看起来已经有一定程度的不一样了，但你至少得戴上这个。”她递给我一副跟她差不多的大苍蝇太阳眼镜。我同意了，虽然我觉得行之过早。我是认为，我们还在市中心的行人徒步区，距离我们的目的地——克里斯多夫的办公室还有两公里远，而且现在根本没有太阳，但是莎宾娜对这点很坚持。

“到底是谁的先生做蠢事啊？”她这么说。我心想，她又没有老公，当然只有可能是我的啊。但我选择把嘴闭上，乖乖地戴上眼镜，说道：“让我们开始吧，咱们还有活要干呢。”

我还想在菈菈小逛一下，但莎宾娜不接受我这个提议。“我们不是约好要逛街的耶，更何况你撒钱也撒够了吧。”

莎宾娜比较节省，很喜欢各式各样的仿冒品。“如果仿冒货的价钱只有真品的十分之一，那我何必花钱去买一个要价几百欧元的Gucci包包？”这是她的箴言。至于别人看不看得出来是正货还是仿冒品，她一点都不在乎。

“反正只有女人才会去注意这些，男人才不管你用的是正货还是仿冒品，重点是看起来辣就可以。”她如此觉得。

我真佩服莎宾娜这种大咧咧的行事作风，因为这样的做法既理性而且也展露出自己一定的自信。我喜欢正品，但因为我负担不起真的很贵的等级，所以我最爱买同个牌子里比较低阶的商品。我放弃逛精品店的念头，接着上路去。

我们一面走向车子，莎宾娜一面跟我说明她聪明绝顶的计策。“我们把车停在事务所的斜对面，等那个蜜雪儿出现后，我就给她拍张照。”为了证明她万全的准备，她将放在包包里的数码相机拿了出来。

“我们干吗要她的照片啊？”我想知道。

“为了要看清楚她呀！”她回答道，“毕竟我们看到她的时间很短，而且能仔细了解敌方总是好的嘛！”

我觉得，把她说成是敌人可能有点言重了，但我喜欢莎宾娜跟我站在同一阵线上那种团结的感觉。朋友真是太棒了！要是一生中没有几个好友，生命一定如同死灰。我的眼光放得很远，我是说，男人的平均寿命本来就比较短(如果不信的话，随便找个老人院看看就知道了)，如果到最后只剩下我们女人自己独活，那现在就找到以后的潜在室友，也是件令人欣慰的事。

Chapter9

战争进行三部曲:跟踪

二十分钟后我们找到了一个很棒的车位。它距离事务所所在的大楼够近,如此一来,就什么都逃不过我们的法眼;另一方面它也够远,我们不会轻易地就被人发现。一切都很完美,只可惜一点动静都没有。攻坚行动真是无聊毙了,还好我不是一个人戴着可笑的大苍蝇眼镜坐在车里,而是有莎宾娜陪着。她不准我把眼镜从头上摘下来,连几秒钟都不行。

还好,莎宾娜是那种总是有说不完的话的女人,尤其自从她恢复单身后没有选择过精彩的夜生活,而是沉浸在网络世界里,更是让她有一堆话好说。她觉得在网络上找男人有说不完的好处。

“你可以穿着运动服坐在电脑前面,敷着面膜、腿毛没刮、妆也没化,可以省下一堆时间。然后你可以将这些人分类，当猎物真的让你觉得值得一试的时候，再跟他相约出去。除此之外，你甚至还可以边看电视边吃东西呢。”她试图说服我。

我深感怀疑，谁知道你是在跟哪个白痴在那里热血沸腾地交换E-mail？另一方面，我是个视觉动物，我必须看他顺眼才行。

“那你叫他寄照片给你不就得了？”她跟我解释细节。

“话是没错，但他们难道不会乱寄照片吗？”我问她。

“会啊，我自己也是这么做的。”她笑答。我们讲好，这个星期要找一天进行网络漫游的活动。“你会发现，那是一个截然不同的新世界。”莎宾娜跟我保证。在我看来，上网最实际的优点就是：完全不用伤脑筋保姆的事情。

“啊！明天我替我们安排了一个很酷的活动。”莎宾娜骄傲地说道。“是一个开幕式，在布饶巴赫街上一个很棒的当代艺廊。我从我一个同事那拿到的邀请函，他太太有个表妹被鉴定为二级的艺术家。你会跟我一起去吧？”她问我。

我应该会去吧，虽然现代艺术不在我的兴趣范畴里，那让我感到不安，要我在那种形式的艺术中挖掘出艺术的元素，真的是很困难。我必须要克制住自己，才不会说出像我父母会说的：“哈，这个我也会好不好。”之类的话。

但要是今天晚上跟灰脸希勒出去，明天又跟莎宾娜约，我该怎么跟克里斯多夫解释才好？管他的，两个人闹翻的好处就是什么都不必解释。我去哪里关他屁事？之前他在他的蜜雪儿那里过夜的事，够抵上我好几晚了。

“当然，我跟你去。”我跟莎宾娜这样说，然后一边想：“去看开幕式有什么不好？”就算觉得闷，最起码也可以增加点文化素养。

“那我大概八点半来接你可以吗？”她马上跟我约时间。

“没问题。”这样一来克里斯多夫这星期就必须早点下班，不然他得负责安排保姆的事情。两个晚上的约会其实也是一个妈妈应当得到的，这点我今天晚上会告诉他。况且，他自己有事的时候也从不征求我的允许，虽然大多数都是跟工作有关。但谁晓得，他对工作所下的定义是啥，或许正妹蜜雪儿正好有时间能跟他一起照顾小孩呢。

我怎么会有这样的想法？正妹蜜雪儿来当我孩子的保姆——如果事情真的演变到这样的局面，那就真的没有挽回的余地了。跟我老公厮混一晚，我或许还能看情况原谅她，但要是进了我家门还跟我的孩子在一起，光是想象就让我火气大到痘子都要从脸上冒出来了，这绝对会成为离婚的原因。“给我小心点，朋友。”我心想。

因为时间的缘故，我建议莎宾娜取消这次的跟踪行动。到了某个时间我总是要去接孩子，而且到目前为止事务所前一点动静都没有。我之前想象的侦探工作要比这个来得刺激多了。

莎宾娜有点失望，“对这种事情要有耐心，不然不会有结果的。”她劝我。“我们已经在这里坐了那么久，要是我们现在离开，然后她在五分钟后出现，这样不是更呕。”这种想法我非常能够理解，但尽管如此，我还是没兴趣继续赖在这儿。

“莎宾娜，我今天晚上有个约会，我必须先去接小孩，然后再打电话给克里斯多夫，这样他才不会太晚回家。”

“你有个约会？跟谁啊？”莎宾娜感到非常地吃惊。

我告诉他希勒先生的事，但偷偷将他美化了点，不是因为爱上他，而是觉得比较不会失面子。

“你要跟他去哪里？”这是她下一个问题。

“他，那个黑尔穆，今天晚上会打电话给我，然后我们会再约见面的地点。”我完全据实以报。

“那个黑尔穆，啊哈，你们已经那么熟啦？”莎宾娜在那里意有所指地瞎起哄。

“嗯。”我说道，然后想到那个被我躲掉的吻接着说，“其实也没有啦！”因为其实那也算不上是什么桃色事件。

“哇！谁想得到呀，安德蕾雅，天啊！你的报复行动进行得还真快。”她这样认为，而她的“哇”让我感染到鼓舞的气氛。

“你再等我一下，我去处理一件事，很快。”她突然这么说，然后跳下车去。

她到底要干吗？正当我想开口阻止她时，她已经消失在事务所的大门。这下子事情只会极度尴尬地收场。拜托，快回来吧，千万别让她跟克里斯多夫碰到面。我看现在最好的办法，就是我自己把车开走。可是第一，这是莎宾娜的车，第二，这对我们长久以来的友谊一定也没有任何好处。

我将身子往座位底下滑，一边盯着大门。然后好像我的眼光带有魔力一般，事情真的发生了：事务所那栋大楼的大门打开了，克里斯多夫走了出来，他一个人。

莎宾娜全招了吗？他会把我从车子里拖出来，然后要跟我讲清楚吗？没有，看来他没有发现我。这样一来，我就有时间观察他了。

如果在不清楚他底细的情况下，撇开气愤的情绪还有受伤的自尊的话，他看起来还真的是一表人才。

是的，我是在说伤自尊这件事。关于这点，我不会跟每个人承认，但至少在我自己面前，我试着诚实一点。在现在这个节骨眼上，我是不会跟克里斯多夫承认这点的，因为我怕这会成为他攻击我的借口，利用我情绪上的弱点，继续地将我推向深渊。

见不到正妹蜜雪儿的踪影让我松了一口气，但他却戴了一条我这辈子从没见过的领带。我很确定，虽然他距离我大约有十米远。

怪不得我看得出来，因为那条领带的花色是彩色条纹，而且还是直条纹，以领带的花色来说，算是少见的（看起来也有点诡异)。这条领带绝对不是出自我们家的衣柜，我对它完全陌生，我是绝对不可能去买这样的领带的。直条纹看起真的很蠢，而且看上去像是某种信号，例如飞机上指引走道方向的指示发光条——沿着它走就对了。而这条领带指往哪个方向？我想很明显。这是他自己买的吗？难以让人相信。并不是因为我先生不为自己买领带，而是大部分都是我替他买的。更何况到目前为止，他也不是那种会买领带给自己的人，更遑论是这种花色的领带了。

他其实根本就不喜欢领带，不用上班的时候他绝对不会打上。那这条丑领带到底是打哪来的呢？一定有鬼！心中有股难以压抑，想跳出车外的冲动，想一把抓住他的领带，然后马上搞清楚这块条纹布料是从哪冒出来的。

所幸我还控制得住自己，不然的话还得跟他解释我在他事务所前躲在车上搞什么。如果他今天晚上回来还戴着它的话，我再问他看看。如果没有的话——那一切就很明白了，因为那就是他有事隐瞒最佳证据。

克里斯多夫和他的领带一起从我的视线中消失。

十分钟过后——我还是低着身躯窝在座位下，几乎就要将整个人塞进副驾驶座搁脚的地方，莎宾娜出现在事务所那栋大楼的大门口。我将门打开一些，并且对她喊:“快点，克里斯多夫已经出来了。快上车，我们快走吧。”她走向车子，带着贼贼的笑容，慢条斯理地坐上车。

“到手了。”在发动引擎前，她只说这句。

“你在事务所里做了什么，然后你说什么到手了？”我充满好奇地问。

她享受此刻的气氛，“一件一件来，安德蕾雅。嗯，我去到上面，然后克里斯多夫从我身边经过。”

哦，不。多尴尬呀。“他有认出你来吗？”我问她。

“没，我跟他在楼梯间擦身而过，他连瞧都没瞧我一眼。”

前两个小时我还觉得莎宾娜的伪装很无所谓，现在我却为此感到高兴极了。从这点也看得出来，男生的注意力有多差。我先生竟认不出我最好的朋友，只因为她戴了头巾，然后例外地打扮得比平常规矩些。

“他急忙地往楼底下冲，好像有人在跟踪他似的。我想，就算我今天全裸，他应该也不会看我一眼吧。好，然后我就进到事务所里头，指定要找女律师。柜台的地方没有人，所以我就问了一个比较老的男人。我想那个男人应该是克里斯多夫的老板，有一次你们家的派对他也去了，那个朗尼。‘我只能跟女律师谈，是跟妇女有关的问题。’我对他说，一边用手把脸遮住，然后悲叹着。他一定以为我是遭受家庭暴力的妇女之类的。”莎宾娜怎么那么聪明！

莎宾娜终于把车移出停车位，然后开走。如果克里斯多夫回来，发现我们在这里的话，那真的会丢死人。

“好，那你到底做了什么？”我继续问，现在我非知道不可。

“然后他请我进去一个办公室，她就坐在那儿。”

“正妹蜜雪儿？”我激动地问。

“没错，就是她。”莎宾娜回答，看得出来她十分享受我的紧张。

“说嘛说嘛，她长什么样子，人怎么样？”我想知道细节的部分。我其实也可以直接跟她说：“来吧，尽可能地打击我吧。”因为莎宾娜给了我一个十分具有打击性的答案。

“美呆了，又高又苗条，而且保养得超好。她的头发柔得跟什么一样。她的魅力叫人无法置信。”我僵在那里，必须先好好深呼吸一下。我原本还希望是克里斯多夫夸大其辞，因为他平常就喜欢那样。我该如何跟这样的绝品一争高下？就算我弄了个新发型也还是很难使得上力吧？

“我有拼赢她的机会吗？”我相当小声地问她。

“你想听诚实的答案吗？”莎宾娜问我，没等我回应她接着说，“不能。从外貌来看，如果你不做整形手术的话，不能。就算要动手术，花费也会相当地惊人。”她一面瞧着我一面继续说：“真的要花非常多的钱。”

真是有建设性啊。我的第二好朋友（在海珂之后）应该可以对我更仁慈一些吧。诚实是件好事情，尤其事不关己的时候。但以我现在的状态来看，如果能对我说一点善意的谎言应该会好一些。

“我知道，你期望听到的不是这样的情况，但我该骗你吗？”

我摇着头，“不，没关系。”我原谅她，“那你继续说呀，她说了什么，还有更重要的，你到底说了什么？”

“是有点困难。”她做了一个戏剧性的停顿。“我抓住她的虚荣心，把她骗得团团转。我一进办公室就告诉她，说我们之间的对话绝不能让第三者知道，她马上就答应了。可能她联想到什么戏剧性的黑道故事，牵涉到保护污点证人还是什么的。然后我说，是跟电视有关，是一个新型态刺激的法庭现场还原秀。然后注意哦，经典的部分要来了，安德蕾雅。我告诉她，我们相中她来饰演一个重要的检察官角色。我还强调，演员由我来找，然后目前这一切还是个秘密。”我哑口无言。我从没想过莎宾娜的吹牛本事那么高。

“那她有掉入你的陷阱吗？”莎宾娜咧嘴奸笑着，嘴角弯的弧度比加菲猫还要夸张，像是吸毒吸 high 了一样，“我不想臭美，但是我真的非常融入这个大节目星探的角色。她不疑有他，完全上钩，甚至还跟我说，她现在的工作让她不大开心，私生活也是困难重重。但我不敢问她。我在想，她所说的私生活问题指的会不会是你？后来我灵感一来——注意了，安德蕾雅，我给她照了一张照片。你说，我是不是很天才！我骗她说，经纪公司必须要确定她的外表好看才行。”

“快拿来。”我要求她交出成果，“我要看看那该死的照片。”

“等我们开到你车子旁边再看好吗？我没办法这样一边开车一边弄相机。”莎宾娜阻挡了我的急不可耐。多刺激啊！我马上就可以一睹我竞争者的面貌了。

“她就这样一句话都没多问就让你拍？”这是整个情节最让我惊讶的地方。

女律师一般来说不都是比较难信任他人吗？如果是我的话，我应该会严重怀疑这故事的真实性吧。但是像蜜雪儿那样的妞会像我这种女人一样起疑心吗？其实我想，是的，她是会起疑心的。全部的女人不都是这样吗？对自己或多或少都不是太有自信，我们真是蠢。但我觉得，如果是我的话，对自己有一定程度的怀疑是很正常的，可是如果今天蜜雪儿怀疑她自己的话，那就很可笑了，尤其如果她真的像莎宾娜还有克里斯多夫说得那样美的话。

“她又问，到底是谁需要这照片，以及后续大概会如何，但那个朗尼刚好在叫她，当然情况就变得有点赶，接着她就说：‘麻烦您快一些’，然后想跟我要名片。这个状况让我有点措手不及，可我还是很冷静地假装在我包包里翻来翻去，然后跟她说：‘真不好意思，我把名片忘在办公室了。’我迅速地帮她拍了张照，之后跟她道别。‘我们会再跟您联络的。’我说，‘下个星期’，她看起来很开心。”

“你真是我的英雄！”我大力称赞我的好友，“你不去当演员真是演艺界的一大损失。”她高兴极了，只跟我说：“乐意之至，随时都听你差遣。这真的很好玩。”

终于到我车子那里，看照片的隆重时刻来临了。莎宾娜照了四张照片。我真想不到，莎宾娜竟然有办法狡滑到这种程度。

她将相机递给我说：“坚强点。”

我深吸一口气，把相机拿到我面前。没错，莎宾娜说得对极了，她看起来美丽，老实说，非常美丽，但心底还是有一丝丝的喜悦，因为她并没有真的美到可以迷倒众生的地步。

她有一头红木色的秀发，发量又多又长。长得高，挺会穿衣服的，米色的紧身裤，但不会太紧，白色衬衫，再搭上一条一定贵爆了的粗皮带。可惜我看不到她的鞋子，因为脚的部分刚好被切掉。不过我想这样的女人脚上穿的一定不可能是勃肯鞋吧？她给我的整休印象：OL 的打扮，一点都不俗气。

有些女人（就拿我打比方好了），白衬衫在她们身上看起来就是逊，但就是有像正妹蜜雪儿这类的女人，白衬衫在她们身上看起来却很酷，性感但不俗气。你会觉得她们的穿着不是刻意搭配，但就是合身好看。我真的不明白为什么会这样，但我相信，这将女人分成不同的阶级。她们就是可以穿着白衬衫，看起来却不会俗气。

我看着她的照片，甚至开始可以谅解我先生的所作所为，有谁可以抵挡得了这样一个诱惑？当她跟莎宾娜说她有些私人问题的时候，她指的到底是什么？是因为克里斯多夫不愿意马上离开我？拒绝离婚？还是因为他有两个孩子而困扰着她？

我继续看其他张照片，多令人欣喜呀！她的第二张照片，脸部的特写，我真的找到她一个小小的缺陷：配上她嘴的大小，她的牙齿显得太小了。我不知道其他人是不是也会这样觉得，但就我的观察来看，她的牙齿虽白，但真的太小，看起来好像她从没换过牙一样。对啦！她的牙齿看起来就像是乳牙，像是小老鼠的牙齿。如果再仔细分析她的笑容的话，也看得出来她的牙龈外露太多。

好，我承认，我的确是挑剔过了头，好像是将她进行解剖还是拿到显微镜底下观察一样。其实我知道这样心胸狭窄又无聊，但既然这个女人摆明了要跟我抢男人，那规则当然不可能一般。

“你有没有看到她那像小老鼠的牙齿？”我急于得到莎宾娜的认同。“她的牙齿看起来很像格哈德·施洛德[①]的太太朵莉丝·施罗德－柯普夫的假牙。”

“我知道朵莉丝·施罗德－柯普夫是谁。”莎宾娜说道，“但是蜜雪儿跟她完全是两种不同的型。有关牙齿的事啊，我相信，如果她对你笑的话，你不太会去注意到她

①：德国前总理。

的牙齿的。”她小心地回答着。

我把相机拿到她面前:“你是瞎了还是怎样?”

“有啦,如果那么仔细看的话,她的牙齿可能有点小。但在她这种女人身上,这让她看起来几乎可以说是可爱。而且老实跟你说,安德蕾雅,你应该也不会相信,男人会因为这种事情而怯步吧。”

她答应我,会把这些照片 E-mail 给我,好让我能安安静静地在电脑前再一次好好观察她。我再次向她道谢,莎宾娜说她考虑转换跑道去征信业。我们相互道别,而我则踏上又要再度把孩子要回来的路。

Chapter10

战争进行四部曲:以牙还牙

这两个小鬼有个愉快的下午，心情都很好。这一切是那么地美好，如果忽略我那花了两百二十七块八十分欧元的鸟头的话——这个昂贵的发型早就塌了下来，然后不知怎地，看起来像是被啃过一般，嗯，好像正妹蜜雪儿用她那小老鼠齿在我发尾乱啃一样，气死我了！前不久还美得跟什么一样，现在看起来却像是被倾盆大雨给淋过的金色挑染棉花糖，害我为了晚上的约会还得替这个鸟发型想个办法。但不管怎么说，我女儿还是注意到我发型上的变化。

“你的头发里面好像有光耶！”她注意到。我有些感动，这是多富诗意的一个形容啊。头发里有光！应该很难找到比这更好的措辞来形容挑染了。我还是把头发扎成老鼠尾巴好了，反正黑尔穆认识我时，我也是那样的造型，他还不是愿意跟我约会？

可惜这种层次不一的发型根本绑不起马尾，一绑起来两旁都翘出一半的头发，看来我还是得为晚上的发型再伤点脑筋了。还有时间，在我为今晚的造型打拼之前，必须先把保姆问题给解决掉，更确切地说，一定要有保姆在家。

今天克里斯多夫还是一通电话都没有，我看他要不是已经在规划新生活，就是还在生气，想让我紧张一下。但他最晚在后天就非得跟我交谈不可了。想到我在柜台前面，然后不管他高不高兴都得把我介绍给他的蜜雪儿认识，我就觉得很过瘾。

我帮孩子准备了晚餐，然后希望克里斯多夫能赶快出现。如果我不知道克里斯多夫什么时候回到家，我该怎么跟黑尔穆约呢？对了，说到黑尔穆，他不是说要打电话来的吗？难道我被他放鸽子了？

电话铃声终于响了起来，不是黑尔穆也不是克里斯多夫，而是我妈。她问我们周末要不要去她那儿烤肉。

我现在该怎么办？我决定将部分真相据实以告。“我们吵了一点小架，所以我不敢保证克里斯多夫会愿意跟我们一起去。”我犯了一个大错，像我妈这种类型的母亲，是不会那么轻易地被这种说辞打发过去的。

“为什么会吵架呢？你到底做了什么？”她想马上知道，我妈就是这样。

她竟然问我,我到底做了什么?不管发生什么事,当妈的不是都应该站在自己女儿这边吗?要求自己的妈跟自己一条心应该不过分吧?

“我根本什么都没做。”我回答,并且试着尽可能地保持冷静。其实最好的方法应该是把电话挂了。

“我问一下应该可以吧。而且安德蕾雅,你知道的,一个巴掌拍不响。”我妈开始激我。正当她准备开始说教时,我听见开门的声音。

“妈,我不多说了,克里斯多夫回来了。”我结束这场不知该怎么形容的对话。

“好啊,安德蕾雅,那就这样吧。”她只这样对我说,“再见。”就挂了电话。

终于摆脱她了。

克里斯多夫踏进客厅,跟我点了点头,就像君王对臣子那般。他还真不知羞耻,这整个状况真是好笑极了。我展示我的大方,跟他说了声“哈啰”。他也挤了声“哈啰”回我,真是大方呀他。他的脖子上还挂着那条丑不拉几的领带。还好,至少他还带着。

“新领带啊?”我尽可能不带任何情感地问他。

“是啊。”他没多做解释。

“很有趣的花色。”我开始跟他展开某种形式的对话。

“我也觉得。”他说,然后转换话题,“孩子们到底跑哪儿去了？”

“已经在上面，准备好要睡了。”我回答他，忍住不再问他有关领带的事。

“我们现在都不一起吃饭了，是吗？”在他准备上楼找孩子时，还是我先生的这个人低声咕哝着。时间真是刚刚好，我的手机响了。

应该是黑尔穆。我等到克里斯多夫走出听力范围之外，才将电话接起来。

“我以为我们要一起出去吃饭耶。”黑尔穆马上说道。

“好啊，没问题。什么时候在哪里？”我问他。

“接近九点约在缅因街上的希尔塔奇，你 OK 吗？”我的约会对象想打听清楚。

希尔塔奇，这名字听起来就像是该死的希腊餐厅。我不喜欢吃希腊菜，但今晚重点不是在吃，而是在约会。好吧，我还是同意好了。缅因街上的希尔塔奇，它并不位于市中心大家喜欢相约的地区。

缅因街是条很大的街，离车站不远。算了吧，当做我约会事业的入门地点，希尔塔奇应该还可以才是。更何况我对热门的约会地点其实也不熟，而且说不定希尔塔奇还是个私房的约会地点呢！

“没问题。”我说，他听起来似乎很开心。

现在我必须跟克里斯多夫讲清楚，告诉他我今晚要出门。我省略掉那些细节，直接跟他说：“我今天晚上还要出门一趟。”他充满疑问地瞅着我瞧，用他那种“您知道的，在法庭上您一定要实话实说！”的律师眼神盯着我。

现在千万不能软弱啊，安德蕾雅，我告诫自己要保持缄默。我看回去，这招我也会。如果他真的想知道我要去哪的话，他就得自己直接开口问。可他也不这么做。我不知道，这是因为对他来说无所谓，还是他觉得开口问很丢脸？

对我的新发型他也是一点感想也没有，说不定他根本就没发现。想也当然啦，如果他的眼睛整天都忙着盯着那个叫蜜雪儿的妞的话。

“好，我还有工作要忙。”他放弃。我知道他所说的工作指的是什么。如果我出门的话，他就有时间跟正妹蜜雪儿热线了。哼！谁鸟他呀，我也有我的黑尔穆呢。克里斯多夫不过问我跟谁去哪儿的表现让我冒火。

我忍下来，决定要给他一点颜色瞧瞧，我要尽可能将自己打扮得美一点，这就叫做化悲愤为力量，或许我能让这个无知的家伙心灵上受点伤。我穿了一件牛仔裤，搭上一件不错的上衣。很随性的搭配，但是非常地性感。我在头上喷上超多的定型液跟发胶，多到臭氧层一定会因为我再多破一个洞。但我今天的头发比环保问题重要多了。更何况我平常也是有分类垃圾，大多数的时间都有。不管了啦，或许这真的会毁了臭氧层，但效果还是看得出来。这团固定好好的头发虽然碰不得，但从视觉上来看还是挺有看头的。

在一阵精心打扮后我跟克里斯多夫道别。他从头到脚把我打量一遍,但还是挤不出一句赞美的话,只说了一句:“你的头发是不是怎么了?看起来好像怪怪的。”

说我奇怪,他还真够友善啊。老娘花了两百二十七块八十分欧元只换来他“奇怪”两个字。我也懒得做出任何回应,反正我的头发也没有讨他欢心的必要——起码今天晚上不用。

“我要走了,可能会很晚回来,不用等我了。”出门前我说。

“好好玩啊。”他简洁地对我说,而且屁股连一秒钟都没离开过沙发。他是真的对我今晚的去处一点都不感兴趣,还是只想装酷而已?拜托!不问我也不说。我也可以很酷,不管怎样,装也要装得很像。

希尔塔奇比我想象中的还糟,是缅因街上阴暗角落中的一家二流酒吧。黑尔穆来这里到底想干吗?这会是黑尔穆学习清单中的第一条:千万不要带女人上不入流的餐厅。算了,反正我人都已经到了,而且今晚剩下的时间也不一定非耗在这里不可。

黑尔穆迟到了。我痛恨迟到,尤其当迟到的是别人时。我觉得这是一种让人难以忍受的行为,同时也是种对他人不尊重的态度。如果我今天等的是乔治·克鲁尼也就算了,但是等黑尔穆?这一切真是令人绝望,尤其是这家酒吧。依我看来，会称希尔塔奇为餐厅的人八成都有神经病，除了黑尔穆外，大家应该都会同意我的说法吧。

我是这里唯一的顾客，可老板却也不怎么答理我。我费了好些工夫才成功得到一杯 Retsina①和一杯水，桌上的塑胶桌布跟那老板的头发一样黏。这个黑尔穆到底在想什么呀？说不定他另外还有替“欢乐大惊奇”的整人节目工作，等等他就会马上跟弗朗克·埃斯特纳②从角落里冒出来。

我肚子饿了，然后愕然发现，我的头又再次让我陷入低潮。看来发胶起作用的时间有限，我的头发又塌成一团，看起来像是太早从烤箱拿出来的舒芙蕾③。现在我的头发看起来已经跟店老板的没啥两样，我又再点了一杯 Retsina 来压压惊。

当我正想离开时，黑尔穆走了进来，迟到了二十五分钟，如果这还不叫厚颜无耻的话，那我就不知道厚颜无耻的定义到底是什么了。我真的火大了，黑尔穆似乎并没有对迟到这件事感到特别尴尬。

他笑着对我说：“我的训练老师告诉我，比起紧张兮兮地在酒吧等着，晚一点出现会比较好，可以给人比较随性的感觉。”

---

①：有松香味的希腊葡萄酒。

②：弗朗克·埃斯特纳是德国“欢乐大惊奇”整人节目的主持人。

③：Soufflé，法式甜点。

因此，我针对礼貌这个课题发表了十五分钟的演说，告诉他，这样做是注定永远与成功的约会无缘。接着则对他说出我个人对他造型的看法。

黑尔穆没说话，感到相当震撼。“那么严重、严重吗？”在他受到巨大的惊吓后，他又开始他说话重复的习惯。他的声音很小，看着他只是坐在那里，马上又激起我的同情心。我告诉他，说他本质其实还不错，我一定可以帮他做点什么。

“什么时候？”他想要知道。我跟他保证，这个星期一定会为他抽出空来。

现在我们俩都比较放松了。我这方面是因为我已将因为他迟到的愤怒宣泄出来，而他则是觉得一切好像又有了那么点希望。三个小时后，在五杯 Retsina 还有两杯 Uzo 酒[①]下肚后，我对希尔塔奇的感觉好多了。这里真的很舒适，而且整家店最让人赞赏的就是他们的灯光，非常适合三十岁以上的女人，因为昏暗的关系，保证让人看不出半点细纹。

我听着黑尔穆诉说他的人生历程，对他有了更近一步的了解，其实他看起来根本没那么糟。常听人家说“迷茫”，现在我终于体会到这是个什么样的感觉了。

接近四小时过去了，黑尔穆跟我告白：“我真的很喜欢你，很喜欢。”他喃喃说道，甚至连我的孩子都想要收

①：一种茴香酒的名字。

养。他真够胆，在还不认识他们的状况下竟敢做出这样的承诺。不管怎么说，这对我来讲都算是个莫大的恭维。

女人到了一个年纪，大概三十岁吧，那些赞美的话就这么戛然而止，突然之间让人觉得孤单又乏味。其实自己也搞不清楚这到底是为什么，因为你根本感觉不到自己老了，更不会认为自己的魅力大不如前。但尽管如此，随着追在后面跑的口哨声渐渐消沉，的确会让人觉得倍感威胁。

下一个会像黑尔穆如此热烈向我表达好感的男人，要嘛一定是我花钱请来的，不然就是在我年老时负责照顾我的替代役男。所以今晚我的心灵像是被洗涤一般，知道自己还是有人追求的。黑尔穆让我感觉很好，而为了不破坏气氛，我甚至还付了我们的账单。这下又让我发现希尔塔奇的另一个优点了，如果我们今天去的是其他比较知名的酒吧，我看今晚账单上的数目大概连前菜都不够付吧。

照我今天的状况，要开车我看是绝不可能的了。不是我醉到必须跑厕所或是在路边的篱笆旁吐，但真的已经醉到一个程度，开车想都别想。我甚至还在考虑，要跟黑尔穆道别时来个舌吻，我果真是喝多了。

黑尔穆主动提出要送我回家，但与其要上一个酒醉人的车，我还不如自己酒醉开车回家，虽然我知道如果在路上被临检，驾照绝对会被吊销。长年下来我一直希望可以被临检到——我真的是蠢透了！

如果一个人喝醉了——至少我自己是这样——就只看得出东西的轮廓，然后自己可以跟自己保持距离，好像自己站在自己旁边看那个人——那个人就是自己——做的蠢事……听起来很混乱吧，是啊，我就说我醉了嘛！

顺道一提，我把舌吻的部分给省了，不知是出自于本能、第七感，还是脑子里的另一双眼睛发挥了功用。我不知道是什么让我在最后关头不去轻搔黑尔穆的扁桃腺。不是我爱吹牛，我真的可以。我的舌头长得不得了，以前在学校的时候我甚至还靠它赚过钱呢！如果有人想看我用舌头碰鼻子，就得付我钱。要是我到今天还有小学时代那丁点儿生意头脑，我应该会觉得很开心吧。

两点四十五分左右回到家，屋里一片漆黑，克里斯多夫并没有坐在客厅等我。他没有像我一样，心烦意乱地窝在沙发上，没有！而是像平常一样，早早上床去了。然后他在床上做什么？翻来覆去地辗转难眠？完全没有！他睡得可香呢！

整个晚上没有一通电话，也没有任何简讯。那我今天所做的一切是为了什么？他难道不会表现一下吃醋的样子吗？难道男人在情感上的反应就那么地无所谓？还是他根本没有所谓的情感反应？因为他一点都没吃醋，而是相反地感到非常高兴、非常高兴……（天啊！我讲话又开始像黑尔穆了)。因为我转移了注意力，而他也可以因此暂且逃离我的歇斯底里、醋劲还有反复无常的情绪。还是这只是他的伎俩，因为他不想表现出受伤的样子。有一点绝对是对的，今天一天下来，再加上酒精的催化，对我的逻辑是一点帮助也没有。

我睡在沙发上，跟它已经培养出相当的情谊。这一点也不让人意外，因为最近我跟它共度的夜晚远远多过跟我先生。整个晚上我跑了两次厕所，我的老天，真是难受呀！好久没有这样狂吐了，搞了个新发型结果还不是得到这种下场。还好，起码那是廉价的葡萄酒，吐出来一点也不觉得可惜。

Chapter11

一段不可思议的旅行

第二天一早，克里斯多夫又恢复他的语言能力了，他开始念我。

“哟！原来你会说话呀。”我说道，在短短的句子里极尽讽刺之能。

他深吸一口气：“那当然。我开始觉得，你的行为举止一点都不有趣，你到底是怎么回事？”他用对孩子说话的口吻对着我说。我根本站不太起来，开始后悔昨天喝的每一杯 Retsina，现在只希望能清静一下。

“不要管我，我不舒服！”我顶回去。

“你昨天到底去哪儿呢，难道我连问都不能问？”他继续啰唆。

“那你问啊！”我说道，虽然也知道这样有点幼稚，但见他那么火大还蛮开心的，毕竟这表示他对我并非不闻不问。或许他在吃醋？这样最好！那他就会知道这种感觉会多让自己感到尴尬。如果他再继续这样下去，我就马上投入他的怀抱，一切又会和好如初。

但他闪得很快，可以明显地听出来他喘气喘得很大声，在厨房里踱来踱去，看来他又得再郁闷一天了。除此之外，他好歹也该问问我工作找得怎么样，要他关心另一半的就业可能性应该不为过吧。

今早孩子们也有些怪异，克劳蒂亚甚至还问我，从今天晚上开始我会不会再回家里住。从这点又可以看得出来，孩子们有多习惯我全天候待命，妈咪才一个晚上不在家，他们就惊慌得跟什么似的。但另一方面，这个问题也让我觉得有点感动，在这两个小宝贝出门要去学校跟幼稚园前，我跟他们拥抱，好像在跟他们永别似的。克里斯多夫还是只丢了个“拜”就走了。这应该就意味着他今晚还是会出现。

当他牵着马克和克劳蒂亚走向车子时，我的内心沸腾着。我的情感丰富到绝对可以轻松做出四部罗莎·贝尔[①]的电影。多么美好的一个家庭啊！我应该喜极而泣才是。这种强烈“家”的感觉，就像是以前看电视影集《华顿家族》[②]的结尾，当大家都就寝后，就会传来一句“晚安了，约翰男

①：罗莎·贝尔为英国女作家，其作品多为赚人热泪的故事。

②：华顿家族为美国七八十年代以经济大萧条时代为背景的家庭伦理剧，剧中家族有七个孩子，约翰男孩为本剧主角。

孩。”我想那是我人生中唯一一个会让我渴望有七个兄弟姐妹的时刻吧。

克里斯多夫现在是否跟我想的一样？希望如此。毕竟我们也曾经那么那么地幸福，那么那么地相爱！为什么这些强烈的感觉会开始动摇？难道跟优格一样吗？难道什么东西都有它一定的有效期限，是被限制住的？往另外一个方面想，营养口粮在八十年后的核子战中一定还可以吃，而且味道一定也跟战前没什么两样！所以我说，这又要回归到一个人究竟想要什么的问题上。要不就是非常非常可口，但是得尽速食用的东西，要不就是一个绝不会让你真的觉得兴奋刺激，但却可以永久保存的东西。我想，这个原则应该也适用在选择男人上。

克里斯多夫是个营养口粮型的男人吗？一个营养口粮型的男人会看上像正妹蜜雪儿这样无法久放，如蚬肉般易腐的女人吗？正当我想冲向车子跟我的家人表白我抑制不住的爱意时，车子扬长而去。

糟了，我忘了告诉克里斯多夫我今天晚上还有事情。我应该跟莎宾娜取消约会，然后利用今晚来个清楚又理智的两性谈话吗？要我的行为像个成年人并且理智……我还是再想想看好了。首先我需要静一静，还有一些阿斯匹林。正当我准备吃药时，我的手机响了。有可能是克里斯多夫，多甜蜜呀！我们还真是心有灵犀呢。

不会吧，是黑尔穆传来的简讯：“跟你在一起的感觉真好，我们什么时候能再见面？”天啊，我现在该拿他怎么办？还有时间，所以我决定先处理我的头脑，再来伤脑筋黑尔穆的事。

我难过死了，感觉整个上午好漫长。海珂打电话过来，关心我感情危机的最新动态。我将所有的事情尽可能事无巨细地告诉她，跟她讲到一半突然想起来，她好像有什么跟孩子有关的事情要拜托我。

“你要拜托我什么事？我好像该帮你什么跟孩子有关的事情？”

现在海珂可如鱼得水了，“没有啦，我是想说，要是你能陪我飞一趟南美洲就好了。说得清楚点，是去秘鲁。如果可以的话，是下个星期。你也知道莉雅有多怕坐飞机，而且我也很希望有个我百分之百信任的人能陪着我，毕竟这事关我们的宝宝。莉雅也说，如果你能去是再好不过了，机票钱我们帮你付。你可以吗？”

真是个美好的邀约。去秘鲁可以采买毛帽、看看安第斯山，然后挑一个宝宝。但是下个星期？从这点又可以看得出来，海珂有多不了解一个做母亲的生活。

马上要去南美洲？我到底该怎么办？更何况我从明天就要开始上班了，我不太敢马上在后天就问有关休假的事。虽然我知道，如果我公婆有时间的话，这样的旅游一定是件很棒的事。尤其是因为跟海珂旅行总可以有最不同凡响的体验，也因为我其实也还欠她一次旅行。

上一次跟海珂一起旅游，是我的蜜月旅行。克里斯多夫那时候没有时间（但这又是另一个很复杂的故事，简而言之就是：他那时有两个选择，一个是跟我飞往加勒比海，另一个是事业上的大迈进，而他选择了——当然在我的同意下——事业上的大迈进！），所以海珂就这么跳进来了。从性方面来看，这当然不怎么令人高兴，不然的话，能跟自己最好的朋友一同旅游一定比跟爱人更值得推荐。

事实上，克里斯多夫订的是加勒比海的行程。懒洋洋地躺在沙滩上，喝着甜甜稠稠的鸡尾酒，将皮肤晒成小麦色。但海珂的皮肤极度敏感，它不会变成古铜色，而是会先泛红，然后再变成深粉红色。所以我们决定要更改行程，如果只为了甜稠的鸡尾酒而飞往加勒比海就真的太夸张了。

由于海珂人那么好，愿意陪我去，所以我告诉她，她可以决定我们要去哪。“去跟旅行社更改行程，我就等你给我的惊喜啦！”我怂恿她。海珂喜欢这种游戏，而且也很认真地看待它。

在飞机起飞的前两个小时，我还是不知道我们要飞往哪儿。我求了老半天，她只愿意告诉我该把什么东西装进行李箱里，然后给我小小的暗示：“我们要飞往的是一个C开头的城市，那里有很多水，男人戴着自然随性的帽子。”

我很确定：卡萨布兰卡是唯一的可能，科特布斯并不以自然随性的帽子闻名。我只是不太确定，卡萨布兰卡是在摩洛哥还是在阿尔及利亚，总之在非洲就是了。但为什么要带保暖的衣物？我就真的不懂了。不管是摩洛哥还是阿尔及利亚——我对非洲真的没啥概念，但那里的天气温暖众所周知，而且那里的确也有奇怪的帽子，例如有种呢绒做的帽子，看起来像是倒着的花盆连着一条细绳，边边还有流苏，这种样式的帽子是不是称为非斯帽呀？科罗埃西亚也有可能，但在德文它是K开头的，而且也不是个城市。继续想着其他的可能性：芝加哥？卡拉卡斯？库克斯港？（那里到底有没有机场）还是蔚蓝海岸的坎城？

我绞尽脑汁，最后还是认为是卡萨布兰卡，不只是因为那里有特殊的帽子，而是《北非谍影》，那正是海珂最爱的一部电影。不知已经听她说过多少次，这部片应该把亨佛莱·鲍嘉这个无赖的部分给剪掉，因为对她而言，英格丽·褒曼一个人就是整部片的精髓。她曾说过："他到底在想什么啊？以他那样的身高，竟然也敢对像褒曼这样的女人说：'看着我的双眼，我的小宝贝'？这个自大狂！典型的男人。"

说不定我们会去拜访电影中的实地场景，所以我还得带着走路舒适的鞋子。海珂还是一点也不动声色，只平淡地跟我说："你耐心地等着吧。"

我继续跟她拗："我需要去打预防针吗？黄热病、疟疾、肝炎或者甚至是霍乱的疫苗？"她说不用，不过这也很有可能是她自己的看法，海珂一向对疫苗嗤之以鼻，认为人体本身的免疫系统就足以应付一切。“我是个有孩子的人耶！我可不能冒险，如果你有得霍乱的本钱，请便，我可不敢乱来。”我坚持她透露一点消息给我。

“不用打预防针，你只需要没有过期的护照，就这样。再多我不透露了，除非在起飞前，你将自己赤裸地拴在你家花园的篱笆上。”她回答我。裸体将自己拴在花园的篱笆上，真是个好主意啊。如果我无聊或是想在地方上掀起新闻的话，这一定是个最佳点子，但在那之前我得先减个五磅再说。

真是的，不管怎样海珂的口风就是一点也不松，真让我感到佩服。要是我的话，一定早就泄密了。我甚至连圣诞礼物都会事先透露，因为我实在是太热切想看到对方高兴的样子，然后自己也很乐，因为相信自己挑了一份适合的礼物，所以我通常都等不到圣诞节就会先说出来。

我们约在机场碰面，想到要去卡萨布兰卡就很开心。为了这次的旅游我还特别弄来一件长袍，是那种阿拉伯男人喜欢穿的类型之一，V型的领口还有着品位十足的绣工。我喜欢入境随俗地穿着，那会给人一种了解多元文化的感觉，而非典型的观光客。此外，我也为晚上准备了一些正点的服装。如果我们入住了一千零一夜风格的饭店（我私底下是这么认为），我希望在吃自助餐的时候有着符合气氛的打扮。我带了三双高跟凉鞋，还有我那件黑色亮亮衣跟几件细肩带的上衣。为了这次我保证绝不会走马看花的卡萨布兰卡之旅，我还特别带了一双运动鞋跟一件风衣。总而言之：我准备好了前往非洲的装备。

我们在法兰克福机场的第二航站楼碰面，有两件事情让我觉得奇怪。一是海珂的装扮：她穿着登山鞋和一件像是为攀岩行程所设计，上面有上百个小口袋的裤子，还有一件羊毛外套。我开始感到不安，难不成这是摩洛哥的新潮流？（在这段时间里我发现卡萨布兰卡原来属于摩洛哥。）而且，法兰克福机场上的电子看板上根本看不到飞往卡萨布兰卡的班机。海珂跟我拥抱了一下，然后嘲笑我带有沙漠色彩的新装扮。一直到我们去柜台划位前，她还是不肯透露任何风声。

然后，我看到柜台旁边写着伦敦。我们要飞往伦敦？我有点小愠，伦敦的开头是L吧？就算海珂在小的时候有阅读和拼字方面的障碍，她也应该知道吧。

“您即将经过伦敦，飞往卡尔加里。”在我跟海珂抗议有关拼字的问题前，英国航空的柜台小姐告诉我。“是的。”海珂再次证实了柜台小姐的话，转过身给我一个胜利的微笑。卡尔加里，哈！我像是吃了一棍，“好，但卡尔加里不在非洲呀。”我结结巴巴地说。

“我有这样说过吗？”她嚣张地顶了回来，“我们要飞往加拿大的落基山脉，完全的大自然，牛仔跟无止尽的天地。”

很好，我还带着及地的长袍！她觉得我不高兴衣服的事情太小心眼了，“你放松点。”她只这样对我说。我其实也不能怎样，因为如果要再回家重新打包根本就来不及。搞什么嘛！到时候加拿大人说不定会因此认为德国女人都穿着及地的长袍跟轻便凉鞋。

这次的假期算是相当有冲击性，落基山真的十分雄伟，如果想看动物的话，来这里就对了。这里有两种游客“必看”的动物：熊跟驯鹿。这两种动物，根据海珂的观察，完全是男人的心灵伴侣（海珂对男人真的很严苛）。拿熊打比方好了：为了在领土上做记号，它会用两只后腿站立着，使劲地将身子向上伸，能伸多高是多高，然后用它的爪子去抓树。你或许会问，这有什么意义？公熊理所当然跟它人类的同性动物一样，净做些无意义也让人摸不着头绪的事——但这个状况反应的是某种形式的自大，它只不过是想让那些潜在的竞争者知道，它是个不好惹的彪形大汉。像男人的保时捷或是游艇，公熊用的伎俩是抓树干。在觅食方面，公熊也和男性人类像得不得了。自己懒得要命，不努力找吃的，还有可能把自己的孩子吞下肚，还好有熊妈妈保护孩子，把它们养大。我相信不会有人去拜托一个食人魔帮她照顾孩子整个下午吧？在熊的世界里，舒适的环境也是由女性负责，它会建造一个漂亮的窝，把它弄得舒舒服服的，好让自己跟孩子可以过个舒服的冬天。孩子的爹在干啥？跑到某处冬眠，然后让自己任意被大雪覆盖，这就是公熊的一生。

在落基山脉甚至有特别为熊建造的桥，好让它们能安全地穿过高速公路。刚开始替它们建造的是隧道，但好像不怎么合它们的意。熊儿们觉得特意被漆上绿色的桥比较好，也因此会去使用它。要是我们当初生物课教的是这种课题，我的成绩绝对不会是4那么难看。

在当地人告诉我们的故事中，有一个是最让人印象深刻的：有日本观光客想要拍张熊的照片，然后突发奇想，把他们的小女儿放在熊的肩上。熊可一点都不觉得有趣，用爪子把那孩子给打了下来，孩子就这样死了。真吓人！我不知道这是不是真的，但希望不是。

每个去加拿大的人都会听闻到有关熊的不同的惊悚故事，我们也做好心理准备。虽然在经过了五天“无熊”的日子后，我觉得那些故事根本都是神话。

说不定加拿大人会一直谈论熊，是因为根本就已经没有熊了，但他们还是要让观光客相信，外面有一堆熊在等着他们。因此观光客就忙着苦苦等候熊的出现。人们开车穿越那里，然后就像麻痹般地往树林里边呆望。因为只要不小心漏看一眼，很有可能就错失这方圆百里内唯一的一只熊。

大约在我跟海珂分享我的熊理论的五分钟后，她大叫：“一只熊站在那！”真的！一只灰熊就这样站在路边，像个活生生的证据推翻我先前的怀疑，实在是令我印象深刻。我们拿着相机捕捉珍贵镜头，但也只敢乖乖地待在车里，虽然真熊看起来真的一点杀伤力都没有——就只有让人想冲上前去抱它的冲动。

在短短几分钟内，有一卡车的车子都停在我们旁边，然后那只熊就只是站在那儿，好像是观光局特别邀请它来似的。如果它等下还要举办个签名会，我相信不会有人觉得惊讶。

有动物在附近出没的最佳指标就是停在路旁的汽车，一台停，部部停，这是在加拿大很快就学会的一课，也是加拿大人导览的一个诡计。如果他们想捉弄观光客，就会把望远镜拿在手里。加拿大人就是用这种方式来增加生活乐趣！这是某个晚上一个男人在酒吧里讲给我们听的，然后自己在一旁笑得要死。全世界的男人都一样——他们都爱无聊的笑话。

还有麋鹿，虽然在每个街角和每个老掉牙的店里头都充斥着麋鹿造型的帽子、印有麋鹿图样的盘子还有圆珠笔，但真的要亲眼见到一只麋鹿远比看到熊还要困难。

我们参加了一个有领队带头的自行车之旅，“行经的路段十分轻松！”一个导游跟我们保证，所以我们就加入一个来自北黑森邦，据说是入门者的队伍。重点是“据说”两个字。

一开始只有上坡，还不到十分钟，我就已经在怀疑这真的是所谓的“轻松路段”吗？因为我已经快喘不过气来，像是个气喘病患者。我们领队的其中一位出于好意放慢速度跟在我旁边，就连体能不是特别好的海珂都超在我前面。

“我必须保持速度。”她向我喊道，然后就离我远去。

这真是件苦差事，我每分钟都在问我自己，我当初怎么会蠢到起了参加的念头。森林，然后还是森林，散布在地上的石头越来越多，而且坡度也越来越陡，每到转弯处都让人抱着是上坡路段尽头的希望。我的个人领队迪诺不停地在旁督促着，告诉我“撑着，你可以做得到的。”这类的话。他根本是在唱单簧，因为我完全没有能力回答他。

过了我觉得像是永恒一般的一段时间，我终于还是下车推着走。迪诺感到很惊讶，我才无所谓呢。我不太喜欢放弃，但在我骑着自行车发生心肌梗塞前，我宁可丢脸。我声称，自己已经是个超过四十岁的人了，只是看起来特别年轻而已。

我看其他人八成早就在野餐了吧？落后最残忍的下场就是：其他人都在一边休息一边等你，但自己却花了九牛二虎之力才追赶上来。你人都还没真的完全跟上，大伙就又起程了，你根本连喘一小小口气的机会都没有，一切又重头来过。

我不确定我到底能不能在这次出游中存活下来，最惨的是——我是自愿上这辆自行车的，而且还付了钱。我试着说服迪诺掉头回去，冲下坡我相信我还可以。可迪诺不愿意，“整队的人都在等着我们呢！”这不要紧嘛！他们终究会发现我们不会过去了。活该，谁叫他们把我落在这片大草原里。我觉得惨透了，身体像是被吸干似的，同时又觉得很不好意思。

突然我旁边有了动静，当我努力地转动我的头时（就连这样也会痛），我看到两只巨大的动物出现在我身边，是麋鹿，有两只。这个动物比我想象中要来的大多了，它们看起来像是畸型的巨马，而且连鹿角都没有。

这下迪诺紧张了，“快上你的自行车，它们有可能会伤害到你！”他对着我大吼，然后跳上他的自行车。我当然也想啊，但就是办不到嘛。迪诺不太英勇地往前骑了一阵，继续叫着：“快呀，安德蕾雅，快点！”我只是继续站在那儿，麋鹿盯着我看，我也盯着它们。

看来这些麋鹿对我有点同情心，饶了我一条小命，然后又躲回林子里去。可能我散发出的味道让它们胃口尽失，不然就是它们对容易到手的猎物不感兴趣。再说，它们不是草食性动物吗？麋鹿到底哪里危险？

迪诺跟我解释，说是有人被它们踢死过，它们的蹄子很厉害的。特别现在是母鹿生小鹿的时节，它们更是暴躁。

呼！好险，说不定是因为女性之间的心意相通，我才能逃过一劫。迪诺相当生气，因为我差点让我们陷入险境，结果有可能会很糟。是有这个可能性没错，但是他离我也离得够远的了，而且我也因此在晚上的时候有最精彩的故事可说。到旅行结束前，我还是全团唯一看到麋鹿的人呢！有时候体力不佳也是值得的，大家都很羡慕我，而我也乐于享受这种感觉，我可是个看见麋鹿的人呢！谁还管我骑自行车时的糗事？半个人都没有。

Chapter12

一千加币换内裤
——而且还是用过的

除了麋鹿事件之外，这趟旅途中还发生了一段不可思议与人结识的故事，一个名叫“阿茂”的日本人。他名字是茂盛的意思，可惜他父母藏在他名字背后的愿望并没有达成，因为阿茂是个相当矮小的男子，老实说，几乎已经到虚弱的地步了，但他的打扮非常时尚，而且擅长交际到了离谱的地步。

我们是在班芙认识他的。班芙是落基山旁一个亲切的小地方，可以说是通往落基山脉的大门。在班芙有一条主要街道，上面全是满满的商店，贩卖麋鹿的T恤啦、帽子啦、装在任何你想得到的包装里的枫糖浆，还有熊造型的小铃铛等加拿大观光客的最爱。

在这些观光店中有一间LV专卖店，一家在荒野里的LV，第一眼看还真会觉得格格不入。其实真的很可笑，但

LV 也不笨，因为班芙是日本人的经典旅游地，而且他们就是对 LV 疯狂不已。就在这家店我们遇见了阿茂。他想帮我们拍张照，日本人就是喜欢拍照，我马上告诉他，我已经看到过两只麋鹿，而且就在我旁边而已，省略掉丢人的自行车故事，他因此对我们印象深刻。

然后我们就开始谈论 LV。我说我有一个 LV 的包包。其实它已经有点旧，而且也不是真的，但这种事情没必要跟一个完全陌生的日本人招供吧？他的英文很糟，但当我提及我那用过的包时，他已经陷入到一个完全兴奋的状态。

“我可以看一看它吗？”他兴奋地问我。“我们喜欢二手货！”他加注说道，“我可以给你很多钱。”一个老旧的假货换取很多的钱，这听起来还不错。

“多少钱？”阿茂想知道，“你要卖多少钱？”现在我可不能犯半点错。我决定要放手一搏，跟他出价七百五十加币，然后老实告诉他，那是个比较小型的款式。

“它很小，而且已经用过了哦！”我强调。毕竟我也不想当个猪头，而且人家阿茂真的很友善，我不想这样欺骗他。

“用过的最好！它在哪里？可以给我看吗？”他继续问，一点都没有被我的出价给吓到。我很高兴有把那个包包带来，而且有点气恼，刚刚没有出价一千加币。

我们讲好晚上见面，我约他来我住的饭店，我不好在大庭广众之下做这种不良的勾当。谁知道哄抬价钱的二手包交易在加拿大是不是合法的?“我去饭店，你给我看。”他跟我说好大约晚上九点左右来我这里。

我真快笑死了,这会是我做过最划算的生意。我带这包包还真是带对了，但它是唯一一个还可以搭配得上我富有沙漠色彩服装的包包，不过那些服装到现在为止一次也没穿到过。我可以在什么时候穿呢?那件长袍也是,在这里根本派不上什么用场。说不定我也可以跟阿茂推销一下。

海珂冷却我的兴奋:“他会发现的,这个日本人识货。他并没有带给我们他很蠢的印象。”我们等着瞧。除此之外她还认为,我得跟他说这个小包包来自突尼斯,有可能不是真的。我知道这与道德有关,但七百五十加币是个抗拒道德的最好理由。

“再看看吧。”我安抚海珂。接着我们去一家真正的牛仔酒吧吃晚餐,那里满满的男人,大家都戴着牛仔帽。在我们眼里视为流行的牛仔帽,在这里却不足为奇。如果阿茂那七百五十加币到手,我也要给自己买一顶。牛仔帽看起来就是很自然随性。

我们吃了巨大的汉堡,跟两个牛仔攀谈起来。其中一个真是个美男子,又高又结实(当然也很有可能是帽子的关系),然后蓄着胡子。海珂大谈蕾丝边的故事,把他们两个弄得不太高兴。我对此有点生气,两个人吵了起来。

"这是你的蜜月旅行，你不可以就这样让他们跟你靠近。我告诉他们我们是两个蕾丝边出来旅行，是为了保护你耶。"她为她自己找理由。她真讨厌，我又没有要嫁给牛仔。更何况，一个新郎缺席的蜜月旅行，规则应该也应该要跟一般的蜜月有所不同吧？

海珂生气了，所以九点到了她也不跟我一起回饭店。"欺骗人的生意你最好一个人做，我再去散一下步。"她抱怨。

她是该去散散步，要生气我也可以气。如果我明天把我的七百五十块分一部分给她，她就会冷静下来了。我们吵架从不会维持太长的时间，海珂只是有点冒火，但每次都很快就又平复了。

八点四十五分，我一个人回到房里。时间算得真是刚好，阿茂这矮小的家伙太过准时，我根本连包包都还没找出来。看来他真的是很认真，不然他就不会来了。他将他深黑色的头发重新上了胶，一脚都还没跨进来，就开始问："它在哪里？我能看看吗？"

我的老天啊，他还真猴急，我说请他喝杯酒。据说日本人酒量不好，如果他一下就醉的话，说不定就不会注意到我的包包不完全是真的。但谁知道？毕竟那个来自突尼斯的小贩告诉我它是正品。如果阿茂发现事情的真相，我也可以装成对品牌一无所知的无辜德国少女。

起先阿茂什么都不想喝，我好说歹说，打开一瓶红酒，然后告诉他在德国我们都是这样做生意的，"先喝酒，然后再谈生意。”他顺从了，也跟着一起喝，但显得十分恐惧。当他要去厕所时，他拜托我在这段时间里在房门外等。

“让人听到我上厕所的声音很害羞。”他结结巴巴地说。好吧，我以前也在哪里读过，说日本人很容易觉得丢脸，把听到冲马桶的声音视为一种尴尬。由于他们的房子又都那么小，所以常有人得站到街上来。

两杯红酒下肚后，他看起来差不多了。我给他看那个包包，他奇怪地看着，而我马上就觉得好惭愧。他发现了，该死！我溜到厕所，拜托他也到房门外等着。现在他可以什么都不用跟我说就闪人，这样一来我们两个可以相安无事，对大家都好，我也不用丢面子。我真的很怕阿茂生气，因为之前害他白高兴一场。希望他不会出手打人，不过我相信，他应该也不会是我的对手才是。我在浴室待了大概四分钟，然后冲水冲了好几次，好让他一直在门外待着。

当我从厕所出来时，他真的消失了，我的LV包包也是。桌上放着钱，我数了数，有一千加币。我真不敢相信，我再数一次。真的是一千加币。他是不是真疯啦？那么多的钱够他去买个全新的真包了。而且还有一点，他为什么要逃跑呢？真是奇怪的生意作风。不过就像我父母常说的，不同的国家有不同的风俗。

尽管如此，我们明天还是要继续往卡尔加里的方向前进，如果再碰到阿茂的话，我应该会觉得非常不舒服。

为了庆祝，我把剩余的红酒给喝了。海珂回来后，我告诉她这个故事。她说她在街上碰到阿茂，“那他会怪怪的吗？他有没有发现什么？”我害怕地问“不，我不觉得。他甚至还满心感谢，沉浸在热情之中地说：‘很好的生意！很好的价钱！’”真是令人不敢置信，可惜我没多带几个仿冒包出来。

我跟海珂再度和好，等确定阿茂不会再出现后，我们俩一定会觉得这件事情很好笑。我们在床上咯咯地笑得东倒西歪，然后决定用这笔意外之财在卡尔加里好好地败家一下。

第二天早晨，当海珂洗好澡出来要找她装有脏衣物的袋子时，她笑不出来了。东西不见了，她装着脏衣服的塑胶袋看来是蒸发掉了。正当我还在想，我们把东西丢哪的时候，只听见海珂说：“我的天啊，二手货！绝对不是LV的包包！现在我懂了，怪不得他丢下那么多钱，他是个内衣裤恋物癖。他拿走我的，可能是因为它就很方便地挂在那儿。那一千加币就是这么来的，你的包包不过是个幌子罢了。”我不知道该怎么反应。阿茂偷了海珂的脏衣服吗？为了这个他花了一千加币？这真的太恶心了吧。现在我也被一棒敲醒，知道那时为什么我从浴室出来时，他像是从地球上消失一样不见了。我吓到了。

“你不懂啦！这在日本固定的圈子里可是畅销货呢。”海珂相当冷静地说道，她说她读过一篇相关的文章。

一千块换内衣裤——而且还是用过的！二手脏衣！多恶心啊！但真的是很有赚头。我建议海珂平分，毕竟要是没有我，这桩生意也不会成，而且包包也真的被他拿走了。其实我心里也偷偷地高兴着，他选择的是海珂的内衣裤。想到阿茂拿着这些东西有可能做的事，让我感到相当难为情，不愿再多想细节的部分。

海珂同意跟我五五分账，我觉得自己像是个销赃物品的中介分子，在第一笔成功的交易后欢天喜地。现在海珂的行李减少了一些，而且反正那些贴身衣物也不是什么特别的精品，再则，要在加拿大任何一个角落再见到阿茂的机会也是非常地小。海珂还真是个实际的女人，可以跟她多学着点。

这趟没有新郎的蜜月重大记事大概就这样了。

Chapter13

“不要提血栓的事”

Chapter 13

“不要提血栓的事”

我决定今天要好好地勤劳一下，所以三小时后家里的整洁度终于又回到还可以看的程度。我的进度本来可以更往前的——要不是我婆婆突然出现的话。婆婆这个不速之客在我擦地时来访，不过也还好，因为擦地是个我很乐意中断的工作。

“听着，宝贝，我们还是一直放心不下那件有关腿的事情。到底怎么回事？”她开门见山地问我。我单方面当然想跟她报告这整个棘手的状况——而且是从头开始，也好减轻我心理上的负担。因为通常有事一吐为快，感觉会好很多。就像是喝了一个晚上的酒，吐的时候当然是不舒服，但是之后会有一种如释重负的感觉。

但是茵格是那种对什么事都容易担心的人，所以我不想让她多担忧，因为我太爱她了。想到跟克里斯多夫的事有可能往坏的方向发展，而且最糟的状况就是我们会分开，这一定会让她心碎，而我也是。

我的公婆人非常好，我常听到身边亲友对自己烦人婆婆的抱怨，但我打从一开始对我的婆婆就很满意。她是一个好人，这听起来可能有点做作，但我真的不该故意伤害一个好人。

所以我放弃原来的想法，然后完全不为自己私利地来处理这件事，这又再度让我有好的感觉。我安抚她，跟她说一切全是个大误会，并且不断强调孩子们有多健康。茵格露出怀疑的眼神，看得出来她并非真的相信我说的话。但她也不是那种会继续往下挖的婆婆，她太有礼貌了。

她眼睛骨碌地转着，叹口气说："好吧，安德蕾雅，如果你这么说的话，那我就相信你。但如果真的有什么事的话，你都是可以跟我说的。"

四十五分钟后她终于要离开了，我还问她明天（我的第一天上班日，耶！）可不可以去接小孩。茵格很开心地答应了，好像要交给她的是乐透彩金似的。我还没跟她提及有关我工作的事，像茵格那么健谈的个性，如果让她知道我还没跟她儿子提过这件事，我不觉得她会理解。

她也不继续问我为什么需要有人帮我带孩子，因为她太开心了，不管是什么理由都没关系，要她照顾小孩几个月都没问题。不管我现在决定上刀山还是下油锅，孩子的托管是没问题了。茵格跟鲁迪甚至觉得我们太少给他们帮我们照顾孩子的机会。下巴快掉下来了吧，他们竟然说我们太少给他们机会！很赞吧？尽管如此，克里斯多夫跟我都觉得，就算他们乐意，我们也不能常让他们费心劳力。

我送茵格到门口，她人都还完全没踏出门，灾难就开始了。我的对门邻居塔玛拉正好在同一时间步出家门，接着马上走向茵格。我试着阻止最坏的状况发生，也赶紧站到门前，在茵格背后跟塔玛拉猛打手势，跟她比了一个嘘的动作，然后一面摇着头，意思是“给我闭嘴，不要提血栓的事。”我其实可以把这个动作省下来，因为塔玛拉不是那种对暗号有反应的人。

“您真可怜，一切真是可怕极了。”她跟茵格打招呼。她是个容易激动的人，我必须马上插手，因为如果等塔玛拉口风一露，茵格一定会认为我疯了，到时候想从这团混乱中逃脱，就真的很困难了。

“哈啰，塔玛拉。”我硬生生地插了进去，“茵格再好不过了。”我对她说，好像我婆婆是个聋哑人士一样。

塔玛拉惊讶地看着我，“哇，那速度可真快呀。我认识一个人，他长达好几年都深受其苦呢。”在血栓、腿或是医院那些蠢字眼出现之前，我必须让茵格离开这里。最好的办法就是我把塔玛拉的嘴给塞住，然后将她推回她家。都是我不好，早该知道一定会发生这样的事！乱扯谎终究还是行不通的。

“茵格，有关孩子的事，明天要记得准时去接他们噢。"我转移话题。如果把孩子的话题也扯进来，茵格就会很自然地把其他事给忘了。

"当然啦，安德蕾雅，我不知道你怎么突然这么说，我从来没有晚到过，不是吗？"没错，相反的，茵格跟鲁迪总是过了头地准时。

塔玛拉似乎不太理解这话中玄机，"您真好，尽管如此您还是照顾小孩，您真的很棒。"直到"尽管如此"这四个字出现在句子里，茵格先是看着我，然后又看着塔玛拉，看得出来她感到很疑惑。

"最近天气也让我觉得不是很舒服。"她友善地说道。而我觉得她话里的意思是："你们疯了，但我希望这是因为天气的关系，而不是因为你们这个社区疯了或是你们有吸食毒品。"不管怎么样，我们整个对话就是乱七八糟地各说各话，还好没有从任何人的嘴里冒出血栓两个字。

茵格走了，平常她是很乐意闲聊的。她可能怕被我们传染吧，或者她只想赶快打电话给她儿子，好问他为什么他太太会变成这个样子。无所谓，重点是她终于离开了。

"刚才是怎么回事？"塔玛拉好奇地问我。我晕了一下，告诉她茵格不喜欢提到有关血栓的事，所以我答应她绝对不跟别人讲这件事。塔玛拉很惊讶，因为在她眼中茵格不像是这种人(有道理)，但她很快就相信我了(很好，看得出来她很好骗)，然后就心甘情愿地把嘴给闭起来。

Chapter14

正妹蜜雪儿来访

正当我要道别时——毕竟家里的地板还在等着我拖完，而且因为跟莎宾娜约好要去开幕式，我还得赶快打个电话给克里斯多夫——砰的一声，我的门关了起来，而我人还站在外面，钥匙没有在身上。刚才因为赶着处理“血栓危机”，我把钥匙给忘在家里了。那个有家里钥匙的人才刚离开五分钟，然后又没有手机——就是茵格。该死！真是屋漏偏逢连夜雨。

“我一直跟你说，你应该给我们一把钥匙的，以备不时之需。”塔玛拉说道，同时很好心地马上提供我避难处。现在该怎么办？连我的汽车钥匙也是好端端地挂在家里墙上，在它应该在的地方，可再没多久我必须出门去接儿子。

“打个电话给克里斯多夫嘛！看看他能不能过来一下。”塔玛拉建议，然后将电话拿给我。我该怎么做？跟她承认，我们几天来只会在必要的时候沟通，所以他一定没有多大兴趣快速开车回家一趟来解救他被困在门外的愚蠢太太吗？

“我想，他应该在法院吧，他在法院是不会开机的。”我继续撒谎，可塔玛拉很坚持，“至少打个电话去事务所嘛，请那边的人联络到他时可以转告他一下。”这下子我再也找不到任何聪明的借口了。

我打了电话。“可以麻烦我先生接个电话吗？我是施耐德，安德蕾雅·施耐德。”我说道，希望他可以碰巧刚好真的在法院。

真不巧，他竟然在。“哈啰。”他用一个不带有任何情感的声音跟我打招呼，听起来好像我是他随便一个委托人一样，不算酷，但是非常地实际而冷静，有点吓人，因为如果他态度傲慢或生气的话，再怎么样也是有情绪在里头。但他现在听起来什么都没有，让我感到有些害怕。

“我被关在门外，你可以回来一趟帮我开门吗？”我尽可能友善地拜托他。

“安德蕾雅，我现在完全没办法。你等等，我把一件事情弄清楚一下，说不定我可以回得去。”真是谢谢他的大恩大德啊，说不定他可以回得来？这是什么语气啊！我真想把电话挂了，但是因为塔玛拉在一旁充满期待地望着我，我才把火气给压下来。

克里斯多夫让我在线上等着，整整听了一分钟事务所放的蠢等待音乐，接着我老公大发慈悲：“好，我回去一趟。”他说道。我可以很明显地从他的语气里听出他有多不愿意。我并不意外，我也没期待他会多兴奋。“要我等等顺便去接马克吗？”他问我。加一分！他还记得他有孩子，而且还知道去幼稚园接孩子的时间差不多了。这是个非常好的征兆。我在一本女性杂志上读到过，知道自己孩子的朋友叫什么名字、认得出导师、大概知道孩子们下午的活动是什么的爸爸们，对家庭是感兴趣的。

我同意他要去接孩子的提议，而他承诺会尽快到家。这是我们这几天下来最长的对话了！

“行了，他会回来。”我告知塔玛拉，接下来的五十分钟我聆听着她那天才儿子爱密尔的新天才故事。不管怎么说，这总比在街上站着要好多了。

塔玛拉先发现。“在你先生车里副驾驶座上坐的是谁呀？”她想知道。“可能是马克吧，但他其实不准坐前面的。”

“但她看起来不像是个孩子耶，不是马克。”塔玛拉只这么说，而且还奇怪地把声音压低，我不得不从厨房的餐桌旁起身。我走到窗户旁，站在塔玛拉旁边，然后看到她刚指的是什么，更确切地说，指的是谁。

先是一条腿，再接着一条腿，然后上半身接的是正妹蜜雪儿，从克里斯多夫的车里头出来。虽然我还没亲眼见过她，但我马上就认出她来了。她的确比莎宾娜照的照片还要漂亮，而且从远处看，她的小牙齿真的是一点杀伤力也没有。

我真的快吐了，被吓到吐！我看克里斯多夫现在是完全疯了，他怎么可以这样？难不成我忘了钥匙是个把这只贪心的蛇介绍给我们儿子最佳也是最偶然的时机吗？还是这事务所的女王想瞧瞧她马上要入住的地方？我应该马上杀了她吗？无所谓，光是她从我先生的车子下来这件事就不可原谅了！

“她是谁呀？看起来好正。”塔玛拉在不知情的情况，在我的伤口上洒盐。

“啊，她呀。”我装成顺带提到，“他一个同事，克里斯多夫已经跟我说过她会一起来。他们等等还得去法院。”又是一个我在这段时间里扯的第N个谎言，单纯只想自我保护。其实我现在真正想做的，是放声尖叫跟大哭。

看看我的样子！穿着打扫服（松垮的裤子配上已经失去弹性的T恤），而相对地，正妹蜜雪儿的穿着像是要出国参访似的——合身的橄榄色套装，搭着相配的高跟鞋，耳上戴着金色的大圆圈耳环。现在这个卑鄙的猎男达人正把我的儿子从儿童座椅上抱起来。够了！先是先生，然后再来是儿子。我冲出门外，朝车子跑去。

“那是我儿子。”我保持冷静地叫道。

正妹蜜雪儿笑着，迎面向我走来（她穿高跟鞋走起路来就像我穿着家里的拖鞋一样轻松。顺带一提，很不幸地，我现在正穿着它），对我说："我知道。哈啰，我是蜜雪儿。"

跟我打招呼时，她露出她那细小的牙齿。我压抑住自己告诉她她比照片上还要漂亮还有不跟她说话的冲动，展现我的修养对她说："安德蕾雅，安德蕾雅·施耐德——克里斯多夫的太太。哈啰。"我尽可能地清楚表态，让她知道谁是这里的老大。说不定这个女人还有那么点道德跟规矩。

"很开心终于跟您认识。"她补充说明。在我受的教育里，我还真做不到与她这样友善的态度对立。我给克里斯多夫一个可以冻死爱斯基摩人的眼神，他把家里的钥匙递给我。"我跟你提过的蜜雪儿。我们还有约，所以我想，如果把事情都集中在一起应该会比较有效率。"真聪明啊！简直可以得诺贝尔奖啰！我接过钥匙跟儿子，然后将门打开。

在我从墙上拿了自己的钥匙后，我把他的还给他，接着用我剩下的理智对他说："克里斯多夫，谢了。我今天晚上又得出门，跟莎宾娜，你可以在七点左右到家吗？因为孩子的关系。"他叹口气。这样的叹息已经好久没在我的生活中出现了。他转向站在我们家前面小阶梯上的蜜雪儿，对她说："我们也可以在这里处理那件事吗？那个伦德诗麦尔的案子？"

她点头，"没问题，如果你女儿跟这小家伙一样可爱的话，我很乐意。"（她一边说，一边轻搔着我儿子的头发，他显然也很兴奋）这是什么意思？有没有搞错啊？他们俩想趁我跟莎宾娜在开幕式的时间，来个芬芳的夜晚吗？

“好，安德蕾雅，蜜雪儿都说好了，那我也没什么问题，我们七点会到。”我看他应该忘了告诉我，我还该准备一些小点心，然后再换上新的床单。

我真想坐在地上跺脚，可惜这在成人的世界行不通，真气人！我可以就这样给他们几巴掌吗？还是我该先教训我先生？我脑中出现了很不美好，十八禁的画面。

克里斯多夫最后还说：“那这样就清楚了，哦，还有，如果你晚上要出去的话，记得要换个衣服。”正妹蜜雪儿拉了拉她的套装外套，然后在一旁轻声咯咯地笑着。我手足无措，不知该怎么反应。这样的行为真是厚颜无耻到愚蠢可笑的地步，他根本就是用嘴来杀人嘛！

我不予置评，转身进屋子里，他跟在后面进来，她当然也是。“不好意思哦，”我说道，然后集中注意力，深吸一口气，“我要去上面的浴室一下。”硬拖着不情愿的马克跟我上楼。

我在楼上待了大概五分钟，听到手机在很远的地方叫了一声，却还是坐在马克的房里，盯着陪你乐积木的海盗船，好像我从没看过它一样，感觉像是麻痹了。马克察觉有异，问我：“你生病了吗？”他见我没回应，就开始跟我叙述有关蜜雪儿的事，像是“好漂亮，然后人好好”之类的。这个女人到底有什么能耐？能让所有男人（连幼稚园生）在跟她一有接触后，就像是被催眠，变成柔顺的小兔子，然后最晚在他们青春期过后就开始口水猛流？

当楼下的门被关上——两个人都没说再见，然后几秒后听到引擎呼啸的声音，我哭了。“我是你的妈咪。”我抽噎着，我儿子瞪大着眼睛看我。当他用他的小手环抱着我说：“当然啦！”我整个人彻底崩溃，足足哭了十五分钟，直到门铃响起。

是克劳蒂亚。我将她拉进屋子里，亲吻她的脸颊，好像她好几个礼拜不在家一样。我不想让她也跟我疏远。克劳蒂亚有些困惑，因为平常我是不会那么戏剧性地跟她打招呼的。

Chapter15

是谁偷看了我的简讯?

现在我好多了，我得让孩子的情绪为今晚作点准备。今晚我不会让这两只小鸳鸯好过的。下午我必须让孩子从事一些活动，好让他们在接近晚上时情绪难以控制。正妹蜜雪儿应该看到，她是在跟什么样有趣的对象打交道。我先生没跟我道别或是上楼一下就闪人，状况已经摆得很明了。

今天下午我会邀一些孩子的朋友来家里。我考虑很久，特别想出最乱最不整洁的小客人名单。邀请孩子各三位朋友，八个孩子应该够力把东西弄得乱七八糟吧。我告诉那些妈妈们，晚上七点十五分左右再来接他们就可以了。大部分的妈妈都因为下午可以休息而高兴得不得了。有点令人生气的是，我今天刚把房子整个打扫过。如果这群孩子在家里起哄，一定看不出打扫过的痕迹。因此我马上停止清扫的工作，然后全身心投入清洁我玉体的活动。蜜雪儿将会感到惊讶，看我如何在一个下午后变身。之前那个样子她是绝对再也看不到了，就像是灰姑娘里的场景一样。

我的手机又叫了，又是一封黑尔穆写的简讯。“你为什么不回复？这让我很受伤，很受伤！”他的举止像是我承诺要嫁给他，还是他已经写了十几封简讯给我似的。不过也是啦，之前我在孩子房间里哭时，手机就叫过了。我打开手机里简讯的储存匣看，果然我错过了一封。“我想你，你这个美人，美人！你的黑尔穆。”但是为什么会在储存匣里呢？虽然我在科技资讯方面不是非常灵光，但我知道，简讯要先被看过，然后才会转存到储存匣中。是谁看了我的简讯？

有可能是克里斯多夫吗？如果是他的话，有些事情就很好解释了。像是他为什么没打声招呼就离开。我想，如果我在他的手机里发现有简讯写着：“我想你，你这个帅哥，帅哥。”我一定会气炸！但是他跟蜜雪儿一起出现，还有对我说那些讨厌的话，那都是发生在他看到简讯之前啊！我该跟他解释清楚吗？我的脑子隆隆作响。

如果要跟他解释清楚，我就必须告诉他，我从明天开始就会成为他的新同事，而黑尔穆是兼职工作的中介。光是这样当然还不够解释我为什么会单独跟黑尔穆出去，然后他现在还传热情的简讯给我。真是个复杂的故事。此外，我会跟黑尔穆出去，也是因为克里斯多夫发生了那个奇怪的蜜雪儿事件。不过老实说，光是今天他们俩同时出现，就让我觉得这一切对他来说都是活该。还有比让对手踏进家门还惨的事吗？我想没有。

因此我决定不打电话给克里斯多夫跟他解释。如果他想知道些什么的话，他可以自己来问我。或者，再来看看今晚他会怎么跟我打招呼，我再决定要不要给他进一步的资讯。

下午真是比平常轻松许多，我根本不管孩子在做什么。“甜食在抽屉里，想吃什么就拿；你们想在屋子里或外面玩都行，房间里看得到的东西都可以拿来玩。”所有的孩子——包括我的在内，都露出惊讶的表情。因为平常我算是比较严的，然后现在却这样！但像是“你们想做什么都可以”的圣喻只能对孩子说一次。然而今天下午还是有一个规定，我向他们宣布：“今天你们唯一要遵守的就是：不要来吵我，然后别把房子给烧了。”大伙点着头，等不及我退下。

要忍住不要每五分钟下楼去看小鬼们在做什么还真难。从嘈杂声可以推断事态严重。我听到水的声音，希望他们不要让整个楼层闹水灾才好。我一点也不觉得放松，在这样的噪音之下几乎也不可能，但我还是没有就这样跑下楼对他们大叫。或许这是小朋友来访时的最佳解决之道——随他们去，然后用半个小时来做最粗略的清理。

这样就不用持续地感到烦躁，而是最后一次解决。

果真是个令人愉快的下午。我帮孩子（陌生的）擦屁股擦了两次，除此之外还蛮不受打扰的。正当我在除腿毛时（不然它们又会长得像一层皮毛一样），突然感到一阵良心不安。可怜的克里斯多夫，为了我特别赶回来，而我竟然用八个孩子还有一个猪窝来表达对他的感谢。

在我太过同情他之前，我又提醒自己正妹蜜雪儿事件。我必须承认，我是个有报复倾向的女人。但跟其他人比起来我算还好而已。听说有的女人会烧掉先生的车子、把他的衣服剪烂，或是把他搜集的飞机模型都拿到 e-Bay 上拍卖掉。相比之下，我已经算是很温和的。不然的话，他其实也有遭到重大不幸的可能。好吧，他没有飞机模型可以让我卖，但是一台燃烧中的 BMW，对他应该是正中红心。

六点半左右我才敢走下楼去。我傻了。孩子们并没有把地方弄得比我想象中来得脏，全部的孩子都聚集蹲在电视机前。给他们机会，让他们做他们想做的，结果他们却选择看电视。看来大家都还算蛮有教养的，最起码客厅看起来还可以，厨房就真的是一片狼藉了，到处都是用过的玻璃杯、包装纸还有饼干屑，流理台上还有玉米片跟果酱的痕迹。

我第一个冲动是想拿抹布。但我必须要真的控制好自己，因为这样简直棒呆了。克里斯多夫跟正妹蜜雪儿走进家门，先是看到客厅，然后厨房里有个友善的惊喜正在等着他。在他对蜜雪儿有任何贡献前，他还有事情要做。这个想法让我觉得很开心，我走了出去，厨房就交由克里斯多夫来接管就成了，蜜雪儿手里拿着抹布跟畚箕——真是个不错的画面。

下午莎宾娜才又打电话告诉我，为了这个开幕式我一定要好好打扮才行。我们在电话里讨论了半小时才为今晚的打扮下了结论。莎宾娜喜欢穿得很夸张，她跟我说了好几次，说开幕式真的是个很时髦的活动。她说她会穿粉红色的上衣跟粉红色的高跟鞋，然后配上黑色的紧身牛仔裤。然后叫我不要做那种欧巴桑的打扮。欧巴桑打扮？我差点生起气来，她说得好像我是二十四小时都穿着韵律裤跟健康拖鞋似的，我根本没有那样！

我承认，我不是会为了去幼稚园接小孩而精心打扮，那对我来说太麻烦了，或许我只是太懒而已。我觉得这其实也是典型家庭主妇生活的少数优点之一，不必一大早在浮肿的眼皮上擦上假惺惺的眼影。在我与紧身韵律裤共存的生活里，只需要一点睫毛膏跟唇蜜(如果我手边刚好有的话)，还有一条可以用来绑我犹如意大利面条般头发的橡皮筋就行了。

顺带一提，我的头发看起来真是糟到不行，就跟我的感觉一样。我的头发可真说是我人生的写照啊。它们绝望地在下巴那个高度晃来晃去，尾端剪得不是很顺，看起来活像被啃过一般，唯一看起来还可以的，就是有不同层次的颜色。我也真的为它们下了功夫——在洗完澡后，把所有我有的造型品都往头上堆。但还是不行，最后决定再洗一次头（这真是个棘手的工作，如果妆都已经上好的话），然后决定试着让它自然干。

莎宾娜按电铃时，我头发湿湿的站在那。"哦，沾湿的造型。"她跟我打招呼，"看起来很性感耶！"我把一条造型胶放进我的皮包里，如果到时自然干的方法还是行不通的话。今晚在颜色部分我并没有逊于莎宾娜，一身土耳其蓝的装扮，耳环、鞋子（高到我应该连跳都不用跳，就可以摸到篮框），配上一件领口剪裁很美的贴身上衣，然后搭上一件白裤子跟一件牛仔小外套。我们看起来像是两个准备要去迪斯科的村姑。

"我们可以走了吗，安德蕾雅？"莎宾娜问我。

"克里斯多夫还没回来。"我把她拦住，去客厅里坐了一阵子。

"我的老天啊！"当她看到那一群孩子时，莎宾娜只那么说。她声称喜欢孩子，但是两个以上的孩子同时出现时会引起她的恐慌，"他们是那么地难以捉摸，而且又吵又粘。"她觉得。

等我听到克里斯多夫车子的引擎声后，我跟我私人小小幼稚园的孩子们道别，他们已经吵着要吃东西吵了将近十分钟。"等一下爸爸会弄点东西给你们吃。"我说，要知道欧洲城市近郊的孩子很少被饿肚子，几分钟他们就受不了了。我儿子马克在我要走出门时还问我，那个下午的好漂亮阿姨会不会再来，我想我真的可以去撞墙了。这个连在走到楼上的半路上都会忘记要干嘛的孩子，竟然还记得只跟他相处了十分钟的蜜雪儿！这个女人对我来说还真是个持续性的考验。

为了避免可能在家里产生争执，我跟莎宾娜已经走出家门。因为如果克里斯多夫看到是怎么一回事，我怀疑他还会不会让我离开。

“哈啰，安德蕾雅。哈啰，莎宾娜。”他说道，同时很仔细地用他锐利的眼神打量着我，好像他待会儿需要跟警察描述我的长相似的。然而，从他脸上我看不出来，他是不是喜欢他眼前所见。

“你的蜜雪儿呢？”这是我此时此刻唯一关心的事情。

“她还有点事要处理，如果她可以的话，会晚一点来。”他告诉我，同时看起来相当地难过。是怎么一回事？是因为我要离开？还是因为正妹蜜雪儿晃点他？是因为她良知发现了？还是不喜欢我们的房子？现在应该是对他说：“宝贝，我留在你身边。”的好时机。只要他一句话，我可以马上推掉开幕式的邀约。

但他什么都没说，我们两个谁都不愿踏出第一步。我们需要心理治疗吗？婚姻咨询？专业咨商？关于他一眼就能让人看出来的坏心情，我是不是只是自欺欺人，用自己觉得比较舒服的方式解读？如果我知道，他到底有没有看黑尔穆的简讯的话，我会比较确定。但如果我问他这个问题，今晚一定泡汤的。为什么这个男人要那么倔犟呢？为什么他不能走出阴影？

人真的很奇怪，通常都会期待他人做自己做不到的事，这点我必须承认。

Chapter16

在艺廊

“拜拜，你们两个。”克里斯多夫说。而我才走了半步，就赶紧告诉他：“那些小孩再过十五分钟就会被接走，最晚。”好让他心里先有个底。

我们就这样上路了，但我感觉很差，不知道为什么，就是很糟。家里的猪窝是为正妹蜜雪儿还有克里斯多夫安排的，我没想到会只有他一个人。虽然光是想到他为我带来的痛苦，就觉得他活该。

我的思绪反复无常，前一分钟还想抱着他、亲吻他，然后希望我们可以和好如初；下一分钟我又开始在盘算着新的复仇计划，想让他吃点苦头。

莎宾娜转移我的注意力，她在车子里骄傲地将开幕式的邀请函塞到我手上。“素描与装置，菲利浦·马克及柏瑞斯·海兹涅，两个艺术学院的毕业生，年轻的艺术家。”

哈，还真是令人期待啊。“有吃的东西吗？”我问。这是我在去了希尔塔奇之后第一次有胃口。

莎宾娜也不知道，“我哪知道，平常我也从不出席开幕式的，去了就知道，不然我们之后还可以去吃点东西。而且，就算我们一个晚上没吃东西也不会怎么样吧。”她说得有道理。更何况，我的胃还是有点不舒服。

当我们踏入会场时，那是在布饶巴赫街上，一个紧邻着市政厅的小艺廊，我们马上知道是怎么一回事。莎宾娜跟我对艺术圈根本一无所知。我们俩站在那儿——身上闪着粉红跟土耳其蓝，活像是在一个全黑环境里的彩色斑点。有个女人戴着深红色的眼镜，那已经是全场最富色彩的一个了。除此之外，这里给人一种强烈的感觉，像极了丧礼的聚会。我为什么会让莎宾娜来左右我的穿着呢？我们才刚踏进来就吸引了所有人的目光。我相信，就算今天我们裸体，也绝不可能有机会成为焦点。

大伙儿都盯着我们，我试着露出友善的表情并且跟大家说了声“晚安”，这样的开场白应该不至于有错吧。一些人点头回应我，其他人则像是压了根没听到我的话一样。今天一定会是个精彩的夜晚！我很少会有这种觉得自己是乡巴佬的感觉。这里的人眼神都很严肃，搞得每个人都像是艺术界的莱希·拉尼奇[①]，然后从早到晚都在阅读

①：莱希·拉尼奇为德国文学批评家，曾于2002年获颁德国文学最高殊荣的歌德奖。

国际小品文，或者是自己也在写。

“我们走好了。”我试着说服莎宾娜，太迟了，她已经在会场的最角落发现到一个有可能成为她猎物的对象。她的眼光透露出饥渴：一个留着山羊胡的瘦高青年。我认了，因为我知道，如果莎宾娜有意要潜伏偷袭猎物，没有任何人或任何事阻挡得了她。“我到处看一下。”她只这么说，接着就直往她的目标前进。

她就像是一种真的会咬人的蚊子，先是对环境进行侦测，接着将猎物包围，然后在它还没来得及反应时猛地咬住它。这种蚊子不会叮人，而是会将你的肉咬一小块下来，是种很亲密的小动物。

莎宾娜难道察觉不出来吗？她感觉不到这里的气氛吗？我觉得自己像是卡德·萝特[①]混在一堆诺贝尔文学奖得主之中，而这种不安的感觉让我感到生气。这些家伙到底在想什么？

我替自己从吧台拿了一杯带有气泡的白酒，反正也没别的东西可拿。不是水，就是白酒，或者是气泡水。“现在呢，施耐德？”我心里想着。我只是先站在那儿，手里拿着玻璃杯，然后试着尽可能不要让自己太醒目。莎宾娜就比我要来得放得开，她真的成功缠住那个山羊胡男，在跟他说话。

就在我像是站了永恒之久，也没有任何人跟我说半

①：卡德·萝特为德国色情片女星。

句话后，我决定来瞧瞧这些艺术。反正我人都已经在这里了，最起码还可以增长一下见识。

那些素描很朴实，就是用铅笔画在白纸上，很直的线条，像是用尺画出来的一样。有时它们会构成一个三角形，有时那些线条会交汇，但是看来看去就是一堆线条。每张画上还写有一个用电脑打字的句子，例如在三角形里面就写着："球是圆的。"

嗯，我不知该说什么。我很痛恨听到有人（像是我爸）很愚蠢地说："这我也会好不好。"或是"学龄前的孩子都画得比这个好。"但我不得不承认，现在这个状况实在很难要我去压抑这样的想法。我愿意去欣赏现代艺术，但这样的作品对我很难起得了作用。有一句话说得很好：就是"不得其门而入"。

一位年约五十，穿着黑色绒布外套的灰发男子提高嗓门，显然是画廊老板。"各位爱好艺术的朋友们，"他跟大伙儿问好，而我却觉得像是被他逮个正着似的。什么爱好艺术的朋友，我看说我是艺术白痴或许会比较恰当。他说将这两位艺术家邀请出来是他的荣幸，因为他们的未来不可限量。

就在"未来"这两个字被说出来时，我的手机响了。铃声很大声，而且还是我刚开始用没多久的《欲望师奶》片头曲。全部的人都惊讶地瞪着我，好像我对着作品吐口水似的。我将手伸进包包，试着找到清除键，但我皮包的混乱程度使我无法达成这个任务。我小声地呢喃着“对不起”，然后跑到外面去。

天啊，一切真是尴尬透了。我人到了外面后，铃声又停了。我看不出来这位让我丢脸丢到家的仁兄是谁，没有显示号码。现在我要不是在外面呆站直到莎宾娜跟山羊胡男达到共识，不然就是鼓起我所有勇气再走进去。

我真的不知道，这些人为什么会让我那么火，一堆傲慢的猪。面对这样的状况，他们其实也可以一笑置之吧？毕竟被我短暂打断的又不是什么国葬，不过看大家的眼神倒是挺像的。我想，这些人还真该看看自己那副死德行，他们应该不痛不痒吧。再度振作起来走进艺廊，我什么尴尬事没碰过，还不都挺过来了！

在这之间致词结束了，而莎宾娜依旧跟那个高个儿山羊胡男热切地谈话着。我继续我的观察，一个看起来友善的男人加入我的行列，“您喜欢吗？”他问我。

我将他彻底打量一遍，他看起来不像其他艺廊的客人那样怪异还有假惺惺地聪明，甚至可以说是相当和善。他穿着牛仔裤、褪色T恤，还有一件起皱的丝绒外套。他的头发及肩，大概跟我的差不多，但是发量应该有我的两倍。真是浪费啊！他要那么多头发干吗？他有一点胡碴，平常要是其他人留这种胡子会让我觉得不修边幅，但在他身上却显得独具一格；此外，他也是场子里少数没戴黑框眼镜的一个。

“这个，”我小心翼翼地回答，“可以说是有意思吧。”他盯着我贼笑。“有意思？”他问我。他的话听起来好像有别的意思，像是在嘲笑这些画，不然就是在嘲笑我刚所做的注解。

有意思真的是个愚蠢的说词。人们说有意思时，通常是其实对某种东西感到很厌恶，但又不想承认？

“您会买这里的其中一幅画，然后把它挂在客厅吗？”他继续问我，然后一边咯咯地笑着，好像这真是个难以理解的想法一样。

我再仔细看一次其中的一幅画。这次是用铅笔画的三条笔直延伸的平行线，然后上面写着：“一切终有尽头。”价钱小小地写在下面，四百八十欧元。我看那画廊老板八成是失去理智了。我不是对艺术有意见，而是用将近五百欧元去换三条线还有一句平凡无奇的句子真的是太夸张了。

我决定说出真心话，或者跟真心话相距不远的看法：“不，我绝对不会买。这根本就像是十二年级荷尔蒙旺盛，疯狂迷恋赫塞①还自以为是天才艺术家的青少年乱画出来的嘛！”

疯狂迷恋赫塞、荷尔蒙旺盛的青少年——这绝对比“有意思”三个字要来得有见解多了。

他还是贼笑着，我看我是找到一个跟我志同道合的

①：赫曼·赫塞，德国文学家、画家、音乐家。

人了。所以接着说:“对我而言,这不太像是艺术,我喜欢的是那种真正的画作或是美丽的照片之类的。可是这里的东西可以说是无趣,就这样拉三条线。”我向他伸出手并且说道:“对了,我是安德蕾雅,安德蕾雅•施耐德。很高兴在这堆人里面认识您。”

正当他想回答我时,画廊老板喊着:“菲利浦,你可以过来一下吗?有人想多了解有关你画作的细节。”他大声地笑着,转过头来对我说:“感谢您宝贵的意见,非常富有启发性。”然后就离开了。

菲利浦,完蛋了!我刚刚是当着艺术家本人的面告诉他,他的画是发育期的作品,然后我绝对不可能把这样的东西买回家。

我想,现在真的是该撤退的时候了——去他的山羊胡男!我走向莎宾娜,抓住她的手臂,将她拉向我。她有点被绊到——看看她那双可以摔死人的高跟鞋,这一点也不令人感到意外——脚踢到一张靠在墙边斜放的孩童藤编椅。我赶紧又将它挪正,然后看到一个牌子上面写着:“孩童的椅子——柏瑞斯•海兹涅的装置艺术。”我相信我马上会被扔出去,理由是激起群众的怒气。先是惹毛艺术家一号,再来是毁了艺术家二号的作品。莎宾娜也看出来,我们真的最好快闪。在她留了电话给山羊胡男后,我们就离开艺廊。菲利浦,我的艺术家,还在后面对我喊:“拜拜!”或许他是个有幽默感的人?又或许他自己也知道自己在胡搞？管他的，我只想离开这里。

在走向车子的一路上，莎宾娜心醉神迷地谈论着山羊胡男。他的名字叫班，是一个出版社的编辑。“我的老天爷，他好有修养，令人难以置信。人又那么亲切，我们会再见面的。”

不管怎么说，今天的行程至少对我们两个其中之一是小有收获的。相反地，我却是极尽丢脸之能事。这是不是在惩罚我在家里搞的那档坏事？我连脚都不舒服。一切的一切——甚至是我的鞋子——都在反对我寻欢作乐。

Chapter17

网络上的陌生人

“我想我最好还是回家好了。况且我快饿死了。”我对莎宾娜说。而她看起非常地失望。

“现在就要回家啦？哎哟！安德蕾雅，绝对不行啦！去我那里好了，至少再上网聊个天。拜托嘛！我今天晚上有多开心，现在因为你，把一个超优男人丢在一旁，你欠我的。”错当然不全在她身上，但弄倒那个我们以为是孩童小椅子的作品的人就是她，这应该可以避免掉的嘛！今天晚上不会再更糟了。我同意她的提议，尤其她向我保证，要弄点什么好吃的来。

我们开车前往她家，她住在市区——单身贵族的最佳选择。她家在萨克森豪森，她之前还很好心特地从市区出发来接我，然后又再开回市区，当然，我很少这样依赖她。

“你等等就能体会到上网聊天的乐趣。我在那里认识了一个男人，对他印象很好。”她兴高采烈地说着。莎宾娜在认识异性方面可以说是易燃物，像是聚酯；而相对地，我比较像是棉花。她可以对那些我连第二眼都不会去看的男人感到兴奋。因为她的理论是，当你最后答应他们的请求，那些不起眼的男人会比较懂得感恩。这很有可能，但感恩也不代表一切吧？

我们越过缅因河。萨克森豪森是个很美的区域，我认为是法兰克福最美的一区。如果我恢复单身，我会想要来住在那里。那儿有许多专卖苹果酒的酒吧、咖啡厅还有真正属于那区的购物街，在萨克森豪森可以买到所有东西，而不必非得去市中心不可。莎宾娜住在一栋老建筑的四楼，有一个很小的阳台。

我们刚爬到四楼（两个人都光着脚，把高跟鞋拿在手上），她就已经把电脑打开了，没几分钟她喘着说："他在、他在线上。快过来，不要管你的头发了啦。"

我一进莎宾娜的住处，就冲进浴室里关心我头上的惨状。我感到很惊讶：自然风干的效果看起来比想象中好多了。好啦！不一定像是刚从美容院出来，但是已经算是可以看了，而且还不需用风机跟任何发用喷雾定型剂。或许这就是秘密所在，我就是太关注我的头发，其实只要不管它们就好了。现在我的心情马上好转许多，如果今天晚上到目前为止也没什么太令人高兴的事的话，它还是为我带来有关头发的这个知识，也可以说是有点收获；此外，我今天还学到在开幕式上要把手机关机，然后绝不跟没搞清楚他身份的人透露自己真实的想法。

"他在这儿。"莎宾娜激动地叫着，像是见到鬼似的。我也拉了一张椅子坐到电脑前。

"哈啰，我的美人儿，"银幕上显示着，"你终于出现了。我等你等得快发狂了。"这是个什么样的人啊？一个爱拍马屁的业余作词家？

"他是不是很可爱啊？"莎宾娜问我，然后充满期待地看着我。我现在应该借着这两个小句子对他下什么评论吗？也不知道这到底是不是他自己写的，或是他是不是持续在用这种字眼，字里行间也没提到什么了不起有关私人的言词，要我们女人印象深刻有多快多容易呀！

我想要马上开骂，然后针对这件事对莎宾娜说教一番。但想到黑尔穆的简讯，我只好忍住。我面对他的赞美不也有反应？那些话不也都是那么平凡？

“他想要跟我们碰面，今天。”莎宾娜的声音跳进我的思绪。

“我以为我们就待在这里上网聊天，最重要的，还有东西可以吃。”我试着煞住她的兴奋。

“你真的变成了十足的欧巴桑了耶！”她巧妙地击中了我的敏感地带。我喜欢被人家叫妈(大部分的时候真的是)，但还不到欧巴桑的程度。我看她八成疯了。

“这跟那一点关系都没有。”我生气了，“我只是不想为了和一个网络上的陌生人碰面再开车跑来跑去，况且我的肚子还在叫呢。”

“我不认识这样的你。”莎宾娜改变她的战术，“你平常可是最有冒险犯难精神的，而且我也不能自己去见他，可能会遇上危险什么的。”从他写的 Email 看不出有危险的迹象，我这么告诉她。

“你现在就要回家了吗？我还以为你今天是真的要给你的克里斯多夫一点颜色瞧瞧呢。”她又试了另一个招数。

她这些混合招式果然奏效。我不是欧巴桑，我可是喜欢冒险的——最起码在我记忆中是的——而且我现在也没有回家的打算。

“好吧，停止，我跟你去就是了。但不要太久哦！我们去看看那个男的，如果没啥看头的话，我们就马上闪人。”我建议她。由于莎宾娜奇怪的男人品位，我还得再附加一句：“他有没有看头由我来决定。OK？”

她同意了，兴奋地在我的脸颊上大力地亲了一下。“你是个宝贝。老实说，你的作风一点都不像是欧巴桑。”

她敲打着键盘，说道：“再跟你说我们约在哪里，我好紧张。”

Chapter18

性爱俱乐部

Chapter13

性爱俱乐部

几分钟过后一切都清楚了。地点是在她网络好友凯•乌维最喜欢的俱乐部，说是今晚有个很赞的派对（这是凯•乌维的说词），一个有自助餐服务的派对，他还会为了我特别再带一个朋友来。莎宾娜有了地址，在我快速补好妆后，我们就出门了。

地点是在奥芬巴赫。一家在奥芬巴赫很棒的俱乐部？我看可能就跟缅因街上最棒的餐厅是一样的道理吧。但算了，我希望不是像我想的那样，而且自助餐吸引了我，因为我在莎宾娜的冰箱里翻过，除了一罐酸黄瓜之外，就只有一瓶香槟跟两个优格，其他什么都没有，空的。又多了一个去派对的理由。

我必须把地图放在腿上，帮莎宾娜指路。半个小时后我们开进一条小小的街，这附近看起来好像没什么可以令人兴奋的。莎宾娜不语，就连她也发觉这里看起来根本不像那个人说得那样。

“有你在旁边真好。”她终于对我吐出陪伴她的感谢之言。“不知怎的，这一切不像我想的那样。如果你想的话，我们可以再开回家。”

刚刚这张嘴还高谈着冒险，现在说话却那么小声。我们两个之中到底是谁比像是欧巴桑啊？我知道我现在可以这样说出来，然后小小扳回一成，但还是觉得算了。毕竟莎宾娜是我的好友，还有，我的肚子也饿了。

“你不是说那里的自助餐有冷食也有热食吗？”我再问一次。

“是啊，怎么了？”她摸不着头绪。

“莎宾娜，我们来都来了，我肚子也饿了。而且我也想看看把我们引到这种鸟地方来的家伙长什么样子。”莎宾娜犹豫着，好像我们现在的所在地是纽约的布朗士区，而不是奥芬巴赫市区。明明这里路上就有人走着，有路灯，也没有燃烧中的垃圾桶啊。

“好吧，如果你这么说的话。”她犹豫地说，然后将车停好。

我们约在一个街角，根本没看到什么噱头十足的俱乐部的鬼影子。有两个家伙向我们走来，应该就是凯·乌维跟他的朋友了。

“精灵，是你吗？”其中一个人对着我们喊。

“精灵？”我狐疑地看着莎宾娜。

“精灵是我在网络上的昵称。”她坦承。有些时候自己的朋友还真难了解啊。精灵！我的天啊，真是一点创意都没有。

那两个男人向我们走近，我感到惊讶，某种程度正面的惊讶。第一眼在昏暗的灯光下，看不出对方有什么缺陷。

我跨出第一步，“哈啰，我是安德蕾雅。”我跟他们两个问好。

“凯·乌维，哈啰。”比较高的那个回答我，然后伸出手来。不管怎么说，他还懂得问好的基本规则。在现今的社会里，这可不是每个人都会的。“你就是精灵？”他问我，而我听得出来他感到惊讶的言下之意。好吧，我不是真的精灵，但是应该也没差到那么多吧？

“是我，精灵。”莎宾娜从我后面冒出来，然后露出像是第一天上幼稚园三岁小孩的害羞表情。真是不敢相信！这跟刚刚在电脑前说话果断又有活力的是同一个女人。

“精灵！”看来凯·乌维对他眼前所见感到很满意，他兴奋地将莎宾娜拥入怀中。

凯·乌维是个高个子，一定有一百九十公分，是米夏埃耳·巴拉克[①]那一型的。长得很帅，但有些粗俗。我其实也不觉得巴拉克特别迷人，但没什么人同意我的想法就是了。看来莎宾娜已经被融化了，她笑着，头低到不能再

①：德国足球明星。

低。她喜欢他，这是骗不了人的。

矮他一个头的朋友不怎么出色，有点像是黑尔穆。等我再仔细一瞧，他不只是有点像黑尔穆——根本就是黑尔穆本人！就是那个之前传给我爱慕简讯的黑尔穆。

“黑尔穆，你怎么会在这里？”我霸气地向他打招呼。他还真会自我安慰啊！之前他还疯狂想我，午夜就跟陌生女人碰面。我会是其中一个，我想他一定没料到。他真是任何机会都不放过。尽管我真的只把他当成我的牺牲品，我还是有点生气，事情不应该是这样的吧。黑尔穆也感到不好意思。

我看着他，现在我可了解他了。“喂，黑尔穆，我没想到会在这里见到你。”我意味深长地对他说。“莎宾娜，这是黑尔穆，我跟你提过的。”我向他们彼此作了介绍。

凯·乌维觉得惊讶，“你们本来就认识啊？”他问。黑尔穆点点头，然后乖乖地把手伸出来。

“好，那我们可以走了吧。那个棒透了的俱乐部在哪呀？”我试图让事情有点进展。

“哦，就在前面的角落。”黑尔穆结巴说道，“我也没去过，但凯·乌维常去，然后跟我叙述过。”他相当地尴尬。活该！

我们拖着沉重的步伐前进。莎宾娜又再度热情燃烧，显然已经忘了她跟山羊胡男的邂逅。我向她打了个暗号，在我的下巴上摸了几下，然后对她笑。她也对着我笑，“弹性就是单身的咒语。”她反击回来，而我不知道是该佩服她还是该觉得愚蠢？

凯·乌维在一间小房子前停了下来。“就是这里。”他说。没有招牌也没有霓虹广告，看起来真像是个私房地点。“这是个只让受邀宾客来的派对，还是私人派对？”我想知道。还是他只想把我们拐进他家？凯·乌维根本就不回答，他按下门铃。门上有个窥视孔，可以注意到后面有些动静，而且已经很激动了。

门打开来，一个身穿内衣的女人站在我们面前。今晚的天气算是暖没错，但也没有热到必须把身上的衣服给脱掉的地步。

“欢迎来到惊喜小屋！”那个半裸的女人站在门里说。“快进来吧！”在我还来不及怀疑之前，我们人就已经进去了。这绝对不是什么时下流行的俱乐部！里面看起来比我们社区的相连式住宅还要糟好几倍，也真的是够糟了。

“男生五十欧元，女生免入场费。”那个穿着内衣的女人，向我们解释。她的内衣是红色的，布料少到不能再少。凯·乌维从口袋里拿出一张百元钞票交给她。

“我叫蓉雅。”她说道，然后对着我微笑，“这是你们第一次来惊喜小屋吗？”我点点头，一声都不吭，虽然脑子里盘旋着一堆问题。这里到底是个什么样的地方？

“有自助餐吗？”这是我第一个开口问的问题。

“当然啦，我们今天有热食也有冷食，都是我们自制的。”她跟我确认。不管怎么说，这里也并非什么都不是——我真的是饿坏了。

莎宾娜看起来像只被吓坏的母鸡，“安德蕾雅，我想我们应该走了！”她小声地建议着。

凯·乌维笑着，“精灵，这会是个美好的夜晚，放轻松点。先吃点东西吧。”她看着我。做决定一向不是莎宾娜的专长。

“好吧，我们就吃点东西，然后再看看怎么样。”我决定，“吃的东西要钱吗？”我快速地问了内衣小姐。

“一毛钱都不用，全都是免费的。这是你们的钥匙，你们就尽情地享用美食吧。里面已经有很多人啰！”她告诉我，然后走开。

现在剩我们四个站在那里。黑尔穆的头低到不能再低，连眼睛都看不到了。“这里是妓院还是什么？”莎宾娜问道，听起来相当恼火。带着精灵来妓院玩不太对吧？我慢慢开始觉得这一切很有趣。

“没事。”凯·乌维安抚她，“这里不是妓院，而是，嗯……算是私人俱乐部。”私人俱乐部？“走吧，我们进去瞧瞧，如果你们不喜欢，你们再走就是了！”他说道，然后将通往另一个房间的门打开。

如果你们不喜欢，你们再走就是了——仔细分析这句话的意义，还真是不要脸。言下之意是，他自己怎么样都还是会留在这边——去他的精灵。

莎宾娜想走了，但我还不确定。我想如果人都已经来了，我们最起码可以到处看一下，反正也还蛮刺激的嘛！“谁现在是来自近郊的欧巴桑呀？”我嘲讽地反问莎宾娜，她很容易被刺激。

黑尔穆什么都不说，感到很羞愧。“如果您想离开的话，我也一起走。”他突然站在莎宾娜那边。他到底是谁的仰慕者啊？这套可真奏效了。莎宾娜对这个看似骑士的作风感到很高兴。“不，没关系了。那我们就进去，然后吃点东西。”她果然对欧巴桑这几个字有反应。

凯·乌维发给每人一把钥匙。“衣柜的钥匙，里面很热。”哈？我现在是完全状况外吗？为什么因为里面热，所以我就需要一个衣柜？“你们得把衣服给脱了。”他笑着，然后马上开始脱。几秒钟后，他脱得只剩一条内裤站在我们面前，而且还是丁字裤。

我觉得全世界最尴尬的事，莫过于一个男人穿着丁字裤了！还好他的是素色的。尴尬的最高境界，是那种印有动物图案、短语，或者是豹纹的丁字裤。我就听过一个女性朋友跟我说过，她一夜情的对象就穿着一件前面印着“坚硬无比”的丁字裤。从这方面来看的话，凯·乌维算是有品位的了，而且穿着丁字裤的样子令人印象深刻。莎宾娜瞥了他一眼。

这让黑尔穆红透了脸，红得像发热的灯泡，现在把灯关了都没问题。更何况这里的照明有没有关灯应该都一样。“喂，黑尔穆，快把衣服给脱了。”凯·乌维鼓励他的伙伴。

从黑尔穆的穿衣品位来看，他应该可以做得更好才是。我也很期待，不知道他会穿什么样的内裤。

“脱吧。”我严肃地说，然后他就开始脱了。他也让我感到很惊讶，因为他穿着一条真的品位十足的内裤。我看他说不定事先就知道今天的节目，然后有备而来。

黑尔穆穿着一条黑色的贴身内裤，而且他的身材也比我想象中要好。不算身强力壮，可是看起来还顺眼。他身上的肤色也没有比我想得灰。

“好啦！女孩们。现在换你们啦。”凯·乌维转向我们。我急切地想着，自己到底是穿了哪条内裤，尤其是不是一条可以现给人看的内裤。莎宾娜给了一个“真的够了”的眼神，然后说道：“好，那我就脱了。虽然通常约会的流程不是这样子，应该都是先吃东西，然后才脱衣服的。但是拜托，我也不是卒仔。”没有人回应她。不过我想，反正她也是在对自已精神喊话。

她的胸罩跟她的上衣一样，是粉红色的，上面还有花边，跟她的三角裤是一套。称不上得体，但绝对是漂亮。

现在只剩下我了。我当然还是可以选择离开，但我先前都说了那样的话了，如果现在走了不是很糗。所以我咬紧牙根，也是把衣服给脱了。我安慰自己，在游泳池大家不也都这样光溜溜的。

我的胸罩是很典型的样式，黑色托高型的。是那种不大会引起太大骚动的内衣，但也不是会让人觉得丢脸的款式。可惜我的内裤跟内衣不成一套，我穿着一件相当普通的棉质平口裤。不过也还好，因为最起码不是瘦小腹的高腰裤。这件内裤跟其他内裤成一套，是我前两星期因为怀旧之情兴起才买的，一件上面有写着星期几的裤子。它让我回忆起我的学生时代。这种内裤现在似乎又开始流行起来，而且刚好在特价。

我就站在那儿：穿着黑色的托高型内衣，然后一件白色上面印有星期三字样的平口裤。我有可能穿得更糟的。我当下就决定，在接下来的几天我一定要好好整理我的内衣裤，把一些淘汰掉。因为这一切真的可以进展得很快，然后自己就穿着内衣裤站在那里。

凯·乌维将面具发给我们，像是嘉年华会戴的那种。“让这一切更刺激点。”他跟我们解释。我们乖乖地戴上它。

我们互相看来看去，而我尽可能地少吸气，让我的肚子维持在看起来还可接受的样子。黑尔穆还是继续往下看，好像地板真的很吸引人似的。我们将衣服放在分属于自己的柜子里，接着进入客厅，里面大概有十五个穿着内衣裤的人到处站着。我想起一个朋友跟我说过有关这种俱乐部的一句话：“什么都可以做，但也没什么是非做不可的。”

我现在可以放心了，好好享用美食就对了。如果我再不吃点东西，我的血糖就会太低。到时会发生什么事，我根本不想去想象。整个状况一定古怪极了。一堆没穿衣服的人，屋子里比较宽的那边有一个台子，像七十年代的地下室派对一样。

蓉雅走向我们。她就站在从天花板垂吊下来，像是迪斯科舞厅会有的闪亮灯球下。这是一个墙上还粘有柜子的客厅！如果不看灯球跟台子，这就跟一般的客厅没什么两样。我公婆茵格还有鲁迪的客厅差不多也是长这样。

“很好，你们好了。台子上面有餐点，饮料我会拿给你们。只有重口味的才需要额外付钱。你知道的，凯•乌维。”看起来莎宾娜这位网络上的朋友大部分的时间都耗在这里。

“我去吃点东西。”我告诉大家，然后向台子走去。

我终于可以实现我的愿望了。在我离开前，我要先把肚子填饱，希望在这段时间里不要有人认出我来。但这应该很难吧？我有了新发型（好险），而且还戴了面具。我穿成这个样子有谁还认得出来？有谁会想到我在这里？希望没有人。我也很难想象我的亲戚朋友在这种环境里出现。

这里的自助餐跟墙边上固定的柜子风格一致。没有寿司或是其他的小点心，而是结实的肉饼、小块的起司还有椒盐卷饼。也算不错啦！在台子后面站着的是罗夫，他马上向我介绍他自己（他是蓉雅的先生），然后多次强调他很希望可以在我吃完东西后，亲自向我介绍这小屋的二楼。

“一样一样来。”我说，并且把盘子装得满满的。十分钟过后，我再也没有哪里觉得不舒服的感觉。我已经习惯光溜溜的，况且里面的温度很高，如果穿着一般的衣服进来，可能会觉得像是在三温暖。

莎宾娜跟我一起坐在台子旁，穿着内衣裤坐在人造皮革的高脚椅上——这需要一点时间习惯。“我想走了，安德蕾雅。要叫我欧巴桑或是随便什么都好，这不是我该来的地方。”

“先吃点东西嘛！我们现在半裸着，大家也都看到了。我想起码可以好好地吃点东西，然后我们再走也不迟。”我说得一派轻松。因为重点是这里的东西很好吃，我甚至都已经放弃，让我的肚子就这样挂着——就像它平常一样。莎宾娜对我说的欧巴桑评论还在我脑子里嗡嗡作响，在今晚之后，我再也不想听到这样的话了。现在我感觉好多了，背对着大伙活动的空间就觉得好一些。

就在我塞下第三个肉饼时，某人从后面在我的肩上点了点。“安德蕾雅”，那个声音说道。“施耐德，你的内裤我到哪儿都认得出来。你还穿着它呀。”那个我有点耳熟的声音继续说道。

现在怎么办？干脆不回答吗？我发现我开始流汗，虽然我几乎像没穿一样。这有可能会是谁？我不可以转过去，我有预感会有恐怖的事情发生。这只有可能是某个我学生时代的熟人吧！否则没有人知道我这个难以启齿的星期内裤事件。

“真是巧啊！上回在同学会上我们也没跟彼此说多少

话，都好久了呢。”那个在我背后的声音继续着。“我真是开心。”

我没转过身，用低沉的声音说：“我想您认错人了。不好意思。”

“哈哈！”他笑得很大声。我可以想象，现在全部的人一定都盯着我们瞧。“我可是知道你的底细的，一个关键字：‘南美洲’。”

现在我才转过身，我一辈子都没去过南美洲，所以我确定他大概是搞错人了。更何况，我还能怎么样？我也不可能就这样蒸发或是跳过台子，然后从活板门逃走吧？

对方也跟我一样戴着面具，但就算如此，我还是马上就认出他来，是吉尔斯特曼先生，我以前的地球科学老师。他当时就已经很老了，他竟然还活着！这怎么可能呢？这个老色鬼！真是恶心。我从来没有想过，吉尔斯特曼先生只穿内衣裤看起来会是什么样子，但他现在就这样站在我面前，真的是个很伤眼的画面。要肌肉没肌肉，就是一团没什么型的肉，皮也皱皱的。真恐怖。

“南美洲，哈哈，安德蕾雅。”这家伙笑得东倒西歪，而他肚子上的肉也随着他笑话不停地抖动着。

我想起那件可能与他口中有关南美洲的黑暗回忆。八年级时有个地球科学的口试，我必须上黑板指出马尔代夫的所在位置。我对它的所在地根本就一无所知，从来没有跟爸妈去过那里（我又不是亿万富翁的孩子），而且我也不是那种成天会趴在地图上研究的小孩。于是我不加思索，就错把马尔代夫摆在南美洲的位置，在南美洲东海岸的前面。这让吉尔斯特曼先生完全无法平静下来。这样一个小小的错误到底有什么好笑的，至今我还是不明白。

“马尔代夫在印度的西南方，吉尔斯特曼先生。”我向他问好。他显然相当高兴，因为他一定以为，我是因为他那伟大的课才记得这个。才不是呢！我会知道，是因为海珂跟我有一次想来个阿育吠陀[①]的假期，地点除了在斯里兰卡跟印度之外，还有马尔代夫可以选择。因为实在太贵了，最后我们选择去勒恩山脉的巴特萨尔茨施里厄夫渡周末。整个周末身上都涂了带有臭油味的奶油，腻死我了，我认为奶油还是用来涂面包会比较好。我也比较喜欢用已经调和完成的护发保养品，胜过直接拿那些油跟蛋或类似的东西混在我的头发上。我曾经把油和蛋的混合液弄在头发上，结果洗了四次头发才洗掉一半。

“西南方，正确。安德蕾雅。”吉尔斯特曼先生回答，然后继续笑着。“我从来没在这里看过你，我每个星期都会来，这里很棒。你有去过楼上吗？”他问我，一边舔着嘴唇。我说没有。我不知道上面有什么，但我有预感，应该是儿童不宜。

“我们要不要上去啊？就我们俩，美人儿？”他是不是喝多啦？

---

①：印度身心灵疗法的一种。

“等等，”台子旁的罗夫，蓉雅的先生，打断他的话。“克劳斯，是我先问的。一个一个来。”原来吉尔斯特曼先生叫克劳斯。

“好，”他马上接着房子主人罗夫的话，“一个那么年轻貌美的女性，一定有耐力先让你开心，然后再让我快乐的。”

现在我真的快吐了。“谢了，两位。我是个已婚的女人。”我警告他们两个，然后从高脚椅上滑开。

莎宾娜在哪儿？刚刚因为太过沉浸于对肉饼的兴奋，才让她跑出我的视线外。“莎宾娜”，我在屋子里喊。完全没有她的踪迹，就连凯·乌维跟黑尔穆也像是从地球上消失了一般。

没有莎宾娜我就没有车，而且衣柜的钥匙也在她那里。我现在要如何摆脱吉尔斯特曼先生跟猴急的罗夫？身无分文，然后穿着内衣裤叫一辆计程车回家？很难想象。

想象一下整个状况：我穿着托高胸罩跟印着星期三字样的内裤踏进家里，正妹蜜雪儿跟我先生坐在那儿，我必须拜托他帮我付计程车钱，然后再跟他解释我刚从性爱俱乐部出来，但这不代表什么，我什么也没做，会去其实只是因为我肚子饿了，然后因为肉饼的关系才留在那里。除此之外，我还得告诉他我明天一早第一天上班的地点！到时候正妹蜜雪儿会在事务所里怎么讲我？

不，这个方法是不可能的！我需要莎宾娜、钥匙跟汽车。我开始寻找，然后问我身边的人。“不好意思，请问您有看到一个穿着粉红色内衣裤的女人吗？”真是没尊严，下回我宁可被称为欧巴桑，也要跟这种俱乐部保持距离。真是不经一事，不长一智。

一个穿着紫色马甲(到哪里弄得到这种东西？)，年纪有点大的女人声称有看到莎宾娜。“她在楼上，在垫子楼层。”她告诉我。

正当我跟她道谢，然后一边在想，垫子楼层指的是什么时，吉尔斯特曼先生突然出现在那个马甲女的旁边，轻抚着她的大腿。“嗨，安德蕾雅，你喜欢我太太吗？”他问我，听起来意有所指，让人感到很下流。“这是露易嘉。”他把她介绍给我，露易嘉·吉尔斯特曼。

“很高兴认识您。”我说道，同时也感到讶异。我地球科学老师的夫人穿着紫色的马甲，配上吊袜带，然后顶着连续剧“林登街”[①]里头赫尔嘎·拜门的发型——我真的快撑不住了。

“好，那我就先去找我的女朋友了。因为，嗯，我根本就不想来。这是个意外，我根本不知道会来这里。”我试着快速解释一遍，我不是出于自愿来这里的，全是误会一场。

“第一次来都会很害羞。”吉尔斯特曼先生笑着。

我跟他们道别，吉尔斯特曼先生跟他的太太露易嘉

①：德国老牌连续剧。

露出友善的微笑，像是我们是在一个完全正常的场合，在星期天出来散步相遇似的。

我跑上二楼找莎宾娜，最起码也得要到钥匙。我的三个同伴不可能就这样人间蒸发。

我被一整片的床垫给绊倒，然后在扩散的灯光下看到我不想看的东西。这里看起来就像是兔子窝，全部的人上下交叠着。我畏惧地大喊，“莎宾娜”。有个声音，但绝对不是莎宾娜，对着我喊：“小甜心，来嘛！我这里还有位子！”我用最快的速度又跑下楼去。

不管用什么方法，我现在就要回家。肉饼再美味也没有那么大的魔力要我忍受这种事情。我跑进玄关放衣柜的地方，莎宾娜坐在那里。她不是一个人，而是跟黑尔穆一起，他还牵着她的手。

“谢天谢地。”我们几乎同时冒出这句话，废话不多说相互拥抱着。莎宾娜将衣柜打开，没几分钟我们将衣服穿好。“你们也可以一起把我带走吗？”黑尔穆问，我犹豫着。不是他带我们来的吗？他不用等他的朋友吗？

在我还没能回答之前，莎宾娜说：“当然，黑尔穆。毕竟是你陪我一起等安德蕾雅。快穿上衣服吧，没什么比离开这里更重要的。”

三分钟后我们站在街上，莎宾娜率先开始笑了起来，近乎歇斯底里。黑尔穆跟我也一起加入。我们都松了一口气，感觉像是从地狱里逃出来似的。尤其——我必须老实说——没有人对我们怎么样。“不想要，就不要”这是台子旁的男人，也是房子主人罗夫，在我享用美味极了的肉饼时对我说的耳语，他说得还真有道理。

虽然先送黑尔穆回家会比较顺路，但是莎宾娜却决定先送我回去。是不是有什么事情是我该知道一下呀？灰脸男跟我的二号好朋友之间是不是有什么？如果是的话那就太好了——称得上是一举两得。两个问题单身女跟单身汉，可说是市场上同时期的滞销品。虽然莎宾娜应该跟比灰脸黑尔穆更好的男人在一起。不过就像我提过的，她总是特别偏好第一眼绝对不怎么讨喜的男人。

有关这个问题，我明天再关心好了。现在我是准备好面对家里的现状了。正妹蜜雪儿到底有没有来？如果有，他们俩在家里跟孩子都在做什么？

我打开大门，家里一片漆黑。我蹑手蹑脚地走过玄关跟客厅，到了厨房才敢把灯打开。看起来不错，比我打扫过还干净。炉子上贴着一张小纸条：“感谢你帮我制造工作的机会。”是刻薄的讽刺还是友善的玩笑话？管他想制造什么样的效果，重点是他打扫干净了。

我检查洗碗机。如果蜜雪儿来过的话，他应该会倒杯饮料给他，毕竟克里斯多夫是个有礼貌的男人，或是说得更好一些，有可能是个有礼貌的男人。什么都没有，洗碗机是空的。我要找看有没有空瓶，说不定他够聪明，用手把杯子给洗起来了。但如果让我找到空瓶的话，这还是会让他露出马脚。又是什么都没有,没有任何空的红酒瓶或啤酒瓶。像蜜雪儿这样的女人到底喝不喝酒?还是他们顾着谈情说爱,根本就不需要酒,光是喝矿泉水就够了?

在我仔细地将厨房检查过后,我继续在客厅检验。这里也是无可挑剔。我想我应该更常在晚上出门。克里斯多夫在这方面的资质不错,这我之前还真不知道呢。有句话说的好:男人随着责任成长。我想这句话的确有它的道理。

我轻手轻脚地走进睡房,他就躺在那儿。这个男人,他睡着,而且还打呼,其实就像平常那样。我脱了衣服,把它们跟他的堆在一起。他把衬衫跟外套挂了起来,很乖。当我想将挂在衣架上的衬衫拉平时,一股香气飘进我的鼻里。一个陌生的香气,闻起来不错,也不是什么霉味,但我很确定那不是克里斯多夫的味道。

这衬衫闻起来像什么?我再仔细闻一遍,好像我是个吸食强力胶的十六岁青少年,急需再多吸一口似的。是柠檬的味道,但是不刺鼻,是个令人舒服的味道,是个超适合正妹蜜雪儿的香味。为什么这件衬衫闻起来有那个女人的味道?是她将她那美丽的小脸放在他的胸膛上吗?跟我的男人耳鬓厮磨?

我把手伸进他外套口袋检查,光是这个举动就让我感觉很不好。克里斯多夫应该不会那么夸张吧,更何况,如果真的有什么的话,他早就已经超出那种口袋里藏纸条的阶段了。人都已经被他弄进家里来了,到这种地步应该也没有什么东西好隐藏了吧。

我考虑继续睡在沙发上。但是我的床——我们的床——看起来是那么地诱人，而且我明天一早也要保持精神抖擞，毕竟明天是我第一天上班。真开心，尤其是想到这对小爱侣的脸色。抱着这个美妙的念头，我就这样入睡了。

Chapter19

和克里斯多夫共事的第一天

六点半，闹钟响起。我转过身面向克里斯多夫，想试着去感觉一下我们相连式小屋里的气氛。在我看到他的脸后，我可以告诉自己：还真的不怎么样。

“昨晚还玩得愉快吗？”他问我。

“嗯，算是吧。”我说道，不透露任何细节，反而倒过来问他，“你呢？跟你的蜜雪儿还好吗？”

“她只来了一下子，而且老实说，她有点烦。”我老公回答，又咕哝了一下，然后从床上一跃而起。

他为什么说这些奇怪的话？哈！说不定他改变策略了。他是想软化我对他的不信任感？还是她对他过度纠缠？或许她要求他做个决定？我当然不是站在她那边（如果是这样的话，这要求也太过分了），但是站在她的立场，我倒是很可以理解。做一个已婚男人的女朋友绝对不是件什么让人感恩的事情，如果关系一直持续就更不用说了。专家就说过："如果他没有在第一个星期做出要离开家庭的决定，就永远不会这么做。"聪明如她，应该也知道这个道理吧？

或者这一切只是一个诡计？他希望我不要去烦他。更怪的是，对于昨晚的猪窝，他也是一句话都没讲。这不像是他的作风。我本来还等着被他训斥，像是："我在上班，你在家里，然后还搞成这个样子。"可他只字不提，太诡异了。

"我去叫孩子们起床，你可以继续睡。我来做早饭，然后再带他们出门。"又来了，我怀疑他是不是吃错药了？

继续睡？要是可以这样还真是不错。"不了，我今天还有事要出门。"我只是这样说，一边想着："你之后就会知道，我指的是什么事。"光是想到他在他神圣的办公室里看到我的表情，我就觉得好乐好想笑。

这是个平静的早晨，但是可以感觉得出来有哪里不对。孩子在这方面的雷达总是特别强。真是怪了，平常他们也不是特别敏感。

有种说法，说是小孩比大人还要敏感，我觉得那根本就是鬼扯。相反地，大部分我认识的小孩，包括我自己的在内，都是大咧咧的个性，会肆无忌惮地说出他们想做什么，一点也不在乎其他人的存在。

但是今天早上他们都乖得不得了，一直强调昨天晚上有多棒，然后让我感到遗憾的是（我想克里斯多夫应该也是，他因为紧张还在椅子上扭了一下），马克很仔细地描述正妹蜜雪儿有多好，甚至还念了一个故事给他听。“那个女生人超～～好的！”他一直重复。

而我必须控制住自己不说出：“够了，我不想在这个屋子里再听到这个名字。”如果要我儿子今天早上决定，他要跟谁共度他剩余的儿童期跟接下来的青春期，我担心结果可能会不太妙。

克劳蒂亚的评论就讨我欢心多了。她觉得那个蜜雪儿是个马屁精。“而且她好臭。”她补充说明。

克里斯多夫说：“这就太夸张了吧，克劳蒂亚。”但我很想因为她的这番话而多给她一点零用钱。

他们三个离开家后，我还剩二十分钟可以为我的第一天上班好好打扮一番。

在这中间我的手机叫了一下，又是黑尔穆的简讯。他已经慢慢变成一个烦人精了。他想要莎宾娜的电话，他变心还变得真快呀！不久前他还想要领养我的孩子，跟我共度一生，现在却跟我要莎宾娜的电话。我有点生气，并不是因为我想跟黑尔穆共度余生，而只是出自想要稳坐宝座的虚荣心。其实他的想法我也可以理解，如果旁边有个完全没有负担的女人出现，谁会想跟一个有丈夫孩子的女人在一起呢？

我把莎宾娜的电话给他，因为匆忙的关系，所以也没有事先问过她。再看她怎么甩掉他，或者要拿他怎么办。

看在昨晚半被迫地跟她伟大的网友凯·乌维出游的份上，她还欠我一次呢。况且从昨晚的状况看起来，黑尔穆对她示好，她也并不排斥。他们两个怎么样，他们自己去商量，我得上班去了。

距离上班时间还有四十五分钟，我从家里出发。穿着我那一百零一套在正式场合会穿，当成上班服也很适合的深色长裤套装，再搭配一件白色的T恤。我发现，在这匆忙的几天里我真的变美了。好，现在我需要的是比平常多三倍量的遮瑕笔，涂在眼睛的周围，好让我看起来不会像个肾脏病的患者。

我的发型有很多条路可以选择，但是自然风干的方法是最省时的，反正不管我下多少功夫，都不可能会像正妹蜜雪儿那样柔顺。这样就满足了，不用再对我的头发有更多的期待。对现实有一定程度的认知会让生活轻松一点。

我搭电车进市区。如果今天一切顺利，让人满意的话，说不定我还可以搭克里斯多夫的车回来。我觉得现在有点像是火箭发射的倒数阶段。之后的发展如何，现在要做个决定了。不成功，便成仁，勇敢面对就是了！

我甚至还提早了五分钟进事务所。电车时间接得真好，我真不明白，为什么克里斯多夫不搭电车上班，而一定坚持要开车来。

我很紧张。跟我先生或是正妹蜜雪儿没有多大关系，而是因为工作本身。我能胜任吗？工作会有趣吗？我应该找谁报到？

柜台站着一位我不认识的年轻小姐。大部分克里斯多夫的同事还有老板我都见过才是。“我是克拉拉。”她自我介绍，“您可真是我的救星呢。”

我想起来了，克拉拉。克里斯多夫提到过她，她是个实习生，想要成为一个律师公证助理，专攻破产法。

“我终于可以离开这儿了。”她高兴地说着，接着整理她在台子后面的位子。“我去请朗尼过来，让他跟你打声招呼，告诉你该做些什么。”她说道，一边不忘安慰我，“但是都很容易啦。”

朗尼博士看到我感到很惊讶。“施耐德太太，您怎么会在这里？我以为是我们的兼职助理呢。”他疑惑地转向克拉拉。

“没错呀，我以为她就是那位助理。”她说道。

“没错，我是。”我解释着，“哈啰，朗尼博士，很高兴见到您。”我跟事务所老板问好，还不忘谄媚一下：“您看起来气色不错啊。”

“谢谢。施耐德太太，您也是。”他笑道，“您先生还真是只老狐狸啊，一点风声都不泄漏。”

“他也没办法。”我护着克里斯多夫，“这对他来说也是一个惊喜，而且这也是一个小小的巧合，您先别跟他说。”我拜托朗尼博士。“我已经乐了好几天，等不及看他见到我时的那张脸。”朗尼先生马上就答应了。他是个懂得惊喜的人——他也曾在给克里斯多夫的惊喜派对上扮演过一个重要的角色。

“不管如何，我很高兴我们的柜台又找到人了。我们的实习生克拉拉会跟您说明一切的。很开心您来帮我们的忙。克拉拉，交给您了。跟施耐德太太说明一下，然后再去跟蜜雪儿小姐报到。”

克拉拉翻了一个白眼，“那个蜜雪儿。”她冷哼一声。我觉得我好像找到跟我站在同一阵线的伙伴，我想这是个好的开始。

克拉拉觉得我的惊喜很有趣。我的工作听起来很简单。打电话我会，“您好”我也会说，邮件分类听起来也不太需要太多的技巧，柜台的工作差不多就这样了。友善的克拉拉还教我如何转接事务所里的分机。

事务所有两层楼，有柜台这层楼的中间有个通往楼上的螺旋楼梯。朗尼，事务所之王，在楼下坐镇。其他大部分的职员跟新进的合伙人们，像是我先生，则在柜台楼上办公。这样的位置安排对我的小惊喜还挺有利的。

一个小时之后，克拉拉心不甘情不愿地丢下我一个人。“我得去找蜜雪儿。”她发牢骚。

我假惺惺地问：“她这个人怎么样？这个蜜雪儿？”这个问题就像是投进水里的石头，激起了一阵涟漪。

克拉拉不吐不快：“她以为自己很特别，根本不把我这种人放在眼里。跩得跟什么一样。”当她发现自己好像太过激动，整个脸都红了。“不好意思，我的意思不是那样，我想，嗯，她好像有点私人的问题。”她试图修正刚脱口而出的话。“但是您先生人真的很好。”她很快地转换话题。不然这可怜虫还会说什么？像是“您先生也是一个骄傲鬼，跟蜜雪儿一个样”？

“很高兴听您这么说。”我回答她，同时高兴得想要马上跳起来。蜜雪儿这个小妞——男人爱，但却被这里的女人厌恶。不管怎么说，这是个开始。

“对了，如果您有兴趣的话，我今天的职训暂停，所以之后在上面会有一些香槟什么的。”她在我的第一天上班日就邀请我，“这也是个认识大伙儿的好机会，施耐德太太。”

“我叫安德蕾雅。”我告诉她可以直接用“你”来称呼我，因为我们对事务所女王的反感绝对一致。我跟她保证，我一定会上去喝一杯。然后克拉拉就上去了。

现在我工作的位子上就只有我一个人。第一通电话是朗尼的太太打来的。她不认识我，而且她听起来像是对接电话的人一点兴趣也没有，一开口劈头就是：“朗尼，我的先生！”这就是她说的唯一一句话。如果是小孩的话，我绝对不会这样就放过她。好歹也说些像是“您好”或至少“请”这样的话嘛。但我也不是老板夫人的监护人。

两个小时过去了，我还是没见着我先生，也没有任何找他的电话。可谁会要打给他呢？他老婆跟他坐在同个办公楼，孩子们也被照顾得好好的，而他的蜜雪儿绝对就在他旁边。有多旁边，这我就不想知道了。

又过了一个小时，终于等到这个让我深切盼望的会面时刻了。一阵乒乓声从楼梯旋转而下，我又是先看到腿，那双不管我在哪都可以马上认出来的腿，蜜雪儿的腿。她穿了一件相当短的裙子——在一个有旋转阶梯的办公室里这样穿算是相当具有挑衅意味。

她在看到我后，高兴地走向我。“嘿！怎么会在这里见到你？”她跟我打招呼，我将手指放在嘴上，好让克里斯多夫一点预警也没有。她点头表示理解。

“你过来一下，克里斯多夫。”她往楼梯的方向喊着。

我看她要不是一个卑鄙狡猾的家伙，就是胆大包天。如果我之前不知道关于她的事，我应该还会觉得她今天的表现很友善。注意了，施耐德，千万不能掉以轻心！不然说不定最后我们会一起坐在我们家的阳台上，虽然她抢走了我的丈夫。就是有这种温和的天性，让什么都变得可以原谅，然后最后只会想到对孩子有利的做法，其他的通通可以牺牲。

“我快饿昏了，早餐又没什么东西可吃。”这是我在我的新工作岗位上，听到我丈夫说的第一个句子。早餐又没什么东西可吃？在我想对此发飙之前，他已经站到我面前来了。他张着嘴，一个不怎么吸引人的表情。他又戴着那条丑不拉几的直条纹领带。今天早上他是戴着它的吗？没有，绝对没有，不然我一定会注意到。

“安德蕾雅，你在这儿做什么？”这是他的第一个反应。

“我占据你们的柜台，然后要求赎金。”我回答他。

“很好笑。”他只这么说，“老实说，这到底是怎么回事？”

“我是来兼差的助理。如果你偶尔也问一下我在做什么的话，你就会知道这些。”我反讽回去。我知道这句话可以听得出来我在生气，但是我就是忍不住。

“那孩子怎么办？”这是他第二个问题。

“在家呀，不然能在哪？”我粗鲁地回答他。这个状况跟我之前想的不太一样。我本来以为，如果他看到我，他会给我一个拥抱，然后对我说：“是你呀！我真是瞎了眼。”之类的话。在这个情况下跟他说孩子在家好像有点太过分，虽然正妹蜜雪儿在一旁笑得有点大声，但我也算是占了上风。

我告诉他，孩子们在这个时间当然是在他们该在的地方——幼稚园跟学校。不然能在哪？现在又没有放假。

“然后呢？”克里斯多夫问。

“然后我会去接儿子回家，女儿自己走路回来，一切就跟平常一样。我只有半天会在这里，然后今天你妈会去接小孩。”我安抚这位负责任的爸爸。

“那就好。”他放下心，转头对他的蜜雪儿说，“那我们可以走了。”她有些犹豫，毕竟这个状况让她也有点尴尬，对我先生来说倒是还好。他只跟我说了一句：“晚点见了。如果有我的电话的话——我大概在一个半小时后会回来。再见。”

正妹蜜雪儿给我一个女人同情女人的眼神，在道别后跟我说：“我们带着手机，如果有急事的话可以打给我们。”

他们俩之中也没有一个人想到，可以问问我想不想一起去。连问一声需不需要帮我带点什么回来也没有。我先生把我当职员那样对待。感觉不怎么好。我真想追在后面，然后要他把话给我讲清楚。

不过算了，这件事我最好等蜜雪儿不在旁边的时候再解决。我打了电话给茵格，拜托她再多帮我照顾一下孩子，说什么我都要去克拉拉的香槟宴。从今天起，克里斯多夫就不太可能再跟他的小猫咪在事务所里玩什么鬼把戏了。

茵格很兴奋，“我很乐意，安德蕾雅，乐意得不得了。他们也可以在我这里睡，如果你想的话。”她甚至还提供我这个选择。我满怀感激地推辞了她的好意。

“昨天你们家看起来真恐怖。”她接着说。怪不得昨晚干净成那样，我早就知道有什么不对！好个奴役妈妈的儿子，他自己才不会打扫得那么干净呢！好几年前他就已经干过同样的事了，打了电话给他妈，叫她来打扫。因为他自己太懒了！真是肆无忌惮兼不知羞耻嘛！茵格竟然还甘之如饴，要是让我妈听到，她一定会笑死。想到这点，我不停地跟茵格道歉，又跟她道谢了好几次才把电话挂上。

除了两通朗尼的电话之外——其中一通又是他太太打来的——中午休息非常地平静。我将信件穿过邮票机，不是个特别困难的任务，一边想事情。想着我、我的先生，还有生活的事。一定要有些动作了，今天晚上我要把一切弄清楚，把想说的话都说出来。在这之间莎宾娜传来一封简讯："耶！我要跟黑尔穆见面啰！"我真替她开心。最晚在今天晚上我也要知道，自己到底算什么。

克里斯多夫跟正妹蜜雪儿在午休的时候回来。"我们今天可以谈谈吗？今天晚上。"我向我先生提出请求。他用不确定的眼神看着我，只对我说："好啊，你想什么时候就什么时候吧。还有，你的头发很好看。"

在午休时到底发生了什么事？是蜜雪儿训了他一顿吗？是她建议他，要对我友善一点？如果是的话，那是为什么呢？或许她的好心只是为了要先让我以为可以高枕无忧了，然后再阴险地打击我，让我措手不及？或者是昨天有什么原因，让她不想再跟克里斯多夫在一起？这整个事件真是越来越扑朔迷离了，搞不清楚谁站在谁那边，然后又该跟谁对抗。说不定蜜雪儿已经不再是我的敌人了？

午休过后事情比较多了。持续都有委托人打电话来要约时间。从朗尼太太打电话的频率来看，她其实应该在她先生那里弄条个人专线。至于他们到底有什么值得持续这样讨论的，这又是另一个谜。

Chapter20

都是猜疑惹的祸

差不多两点半，我的下班时间已经过了半个小时，但是第一天上班，我可不想表现得斤斤计较，克拉拉来了，告诉大家小型的酒会就要开始。

“除了蜜雪儿以外，大家都会来。”她很兴奋。“为什么她不一起来？”我问她，甚至感到有点失望，毕竟这是个观察我先生跟蜜雪儿之间互动的好机会。

“朗尼跟她还得工作，一个高度机密又棘手的案子。”克拉拉告诉我这个信息，跟我微笑着。“这样最好，少了他们两个我根本没差。”她明显表态。克拉拉教我把电话转成自动转接，然后帮她准备一点吃的小东西。

又是肉饼，不同的是，现在为了吃它不必脱衣服。参加的人除了克里斯多夫、克拉拉跟我之外，还有涂德尔太太（她的座位在克里斯多夫跟正妹蜜雪儿办公室的前面，他们俩还共用一个秘书)、路德维太太(公证助理)跟皮尔歇太太,朗尼博士底下的母老虎。克里斯多夫的同事海因兹麦尔度假去了,他是候补官员,所以没有私人秘书。一下子就可以看出来,皮尔歇太太在这里是颇具影响力的人物。

“她可能是个巫婆。”克拉拉,我的资讯来源,跟我交头接耳,“但她不会对你怎么样的,因为你是施耐德太太。”算我走运。

皮尔歇太太是个虎背熊腰的女人,又高又壮,毛发又多,会让人有点害怕。看得出来,她成长的那个年代应该是没有牙套这种东西。她的牙齿往前突出,几乎就要冒出嘴巴,严重到像是邦尼兔[①]的牙齿一样。

克里斯多夫把我介绍给他所有的同事。真的很友善,搞得好像我们俩之间一点嫌隙都没有。但这也不太能代表什么,毕竟我先生是个律师,律师很擅长伪装。更何况,他也不是那种会让家丑外扬的男人,表面的和平对他来说很重要。他的座右铭是:“私事就是私事”,大部分的时候他也真的都保持得很好。如果什么事情都照这个方法做的话,人生一定很无聊。很值得尊敬,但真的十分黯淡无味。

皮尔歇太太就截然不同了,她属于精明型的女人。她仔细地盘问我,什么都想知道,尤其是孩子们,可怜的孩

①:迪斯尼卡通人物Miss Bunny。

子们（为什么说他们可怜？她应该知道克里斯多夫其实赚得不少）现在是不是因为妈咪出来上班，然后感到很恐慌。她严厉地看着我，让我有被逼供的感觉。

克里斯多夫跳出来为我缓了口气。“皮尔歇太太，我们是一对现代的夫妻，每个人都有工作的权利，这对小孩不会有不良影响的。我在家里也会多帮点忙。”皮尔歇太太惊讶不已，别说她了，连我也是。刚刚说话的真的是我家老公吗？看来正妹蜜雪儿在午休时制造了一个奇迹，不然就是帮他洗过脑。他的表现甚至连皮尔歇太太都吓了一跳呢！她拖着脚步，往窗户的方向走去。

我跟涂德尔太太聊了一下，直到一阵尖叫声打断我们。皮尔歇太太尖叫道：“不，这太让人难以置信了，那不是，嗯，那是朗尼，我是说，朗尼的屁股。”这番话引起在场一阵惊讶。忠心耿耿的皮尔歇太太竟会称她老板“屁股”，真是让人想象不到。一个平常可说是呆板，用词总是有教养到过时的女人，让人不敢相信她会有胆子说出像“屁股”这种字眼。

这一来当然把所有的人都吸引到窗户旁边，看看是什么事情让皮尔歇太太这样理智断线。我们大家都可以看得相当清楚，那个让皮尔斯太太火气升高、血脉贲张的景象。

楼下对面的窗户，中午职业学校学生用功的地方，倒映着朗尼的办公室——多亏了职业学校教室的深色百叶窗，而且看得出来，那里正在上演着跟一般办公室事务不太相关的戏码。一个半裸的男人露出一个白白的大屁股而躺在办公桌上的人，从那头垂在办公桌边缘的乱发，相信每个人都看得出来，那是正妹蜜雪儿。有时候头发太引人注目也是一个缺点。

我想，我应该是全场唯一对这一幕感到开心的人吧。因为这表示蜜雪儿这妞跟我先生之间应该什么都没有，她应该不会那么乱才对。而克里斯多夫的反应也证实了这点。他诡异地笑着，如果她联合朗尼欺骗他的话，他应该笑不出来吧。

涂德尔太太把我们从窗边撵走。“我想我们应该也看够了，再来喝一杯吧。”她说道，接着率先走回场子中。

他们俩怎么可以笨到连百叶窗都忘了拉下？真是太不小心了。另一方面，对面的空房下午都没有人，如果他们的物理常识都跟我差不多的话，那我也可以理解为什么他们会没注意到百叶窗的事情了。光的折射会带来这场艺术的飨宴还真是奇妙，出太阳的天气也是有潜在危机的。现在我终于明白，为什么朗尼的太太不断地打电话过来。她发现有异，也开始吃醋了。跟我比起来，她的确有资格这么做。

大伙慢慢地从窗边移开。皮尔歇太太还是无法平息下来，她全身发抖。她的身体摇晃着，嘴里碎念：“我替他工作已经三十年了，这真是一个丑闻，恶心死了。要我以后怎么面对朗尼夫人？”

我可以理解她的想法。没有人会希望看到老板裸着下半身，尤其还跟一个女同事一起。说不定皮尔歇太太暗恋朗尼好多年也不一定，这种事情常发生。现场气氛变得有些安静，在场的人都在想着这件事。我也不例外。我走向克里斯多夫。

“你这个美人、美人？”克里斯多夫说道，充满疑问地盯着我瞧。这不是黑尔穆传给我的简讯吗？我想，这是克里斯多夫要求我解释清楚的方式。我将他拉到墙角，然后全盘托出。我告诉他，我是在哪儿跟黑尔穆认识的，当然，我们之间什么都没有，黑尔穆是对莎宾娜感兴趣。

“我以为你跟蜜雪儿之间有什么。”我终于坦承。克里斯多夫感到不解地摇着头：“我当然也喜欢她，但你也可以很明显地看得出来我没机会吧。”这不是我希望听到的答案。反过来这意思不就表示：如果我有机会的话，我早就下手了。要挖出这些细节，是接下来几天的任务。

楼梯传来的声音打断了所有对话。正妹蜜雪儿跟朗尼一起出现在派对上，像是什么事都没发生过一样。不过也不能怪他们，因为他们根本就不晓得我们已经什么都知道了。整个气氛陷入一阵尴尬，只有克拉拉忍不住咯咯地笑着。朗尼什么都没察觉到，典型的老板。如果是我的话，我一定会马上想：“她一定是在笑我！”像朗尼这样的男人是绝不会想到这一点的。我的老天，真是尴尬极了！

想起我这些天做的那些事情，真是感到相当可笑。没有人说任何话。皮尔歇太太的眼神，像是想给她老板，或者是正妹蜜雪儿一个耳光。

朗尼终于打破现场的沉默，“亲爱的克拉拉，我们很高兴您与我们共事。我们同时也希望未来可以继续下去。事务所里的气氛跟大伙的相处绝对是很特别的。”在我们全都见证了那一幕后，他说的相处特别是一点也不夸张，同时也对这点赋予了全新的意义。朗尼弄了点台子上的东西吃，一边跟涂德尔太太还有克里斯多夫闲聊着。

正妹蜜雪儿追着我进洗手间，“大家好像都怪怪的，是怎么回事？”她问我。现在该怎么办？撒谎？全盘否认？还是告诉她我们刚刚看到的精彩好戏？

“是这样的，”我决定告诉她真相，“我们看到你们了”，我稍作停顿，想看看她会如何反应。

“什么看到我们？看到谁？”她反问我，一副搞不清楚状况的样子。

我开始描述，“我们看到，你跟朗尼，嗯，在办公桌上，你知道的。”

“该死！”她只这么说，“真该死。”她说的真是对极了。如果我是她的话，我绝不会再踏出厕所一步，我会将自己锁在厕所里，然后等大伙都离开后我再出来。蜜雪儿的做法可不是这个样子。

她吸了吸鼻子，然后开始跟对我敞开心胸。她说朗尼不愿意离婚，还不愿意，是因为孩子的缘故。虽然他们都已经成年了，但他儿子很快就要结婚，所以他得再等一阵子。更何况，他跟他太太长年下来早就貌合神离了，所以她当然很不能理解。但如果他跟他太太离婚的话，他必须付赡养费。

我没想到像蜜雪儿这样的女人也会相信这种千篇一律的借口。尤其我真的很不能理解，像蜜雪儿这样的女人怎么会想跟朗尼这种老头在一起？这类的男女关系总是让我觉得费疑猜。当然啦，她们都会辩称这跟金钱与权力无关。哈哈！

那我们就来个坦承以对吧。我也告诉她，几个星期以来，我一直觉得她跟我先生有什么。这个想法让她脸上出现了笑容，“他很可爱，你的克里斯多夫。但是，安德蕾雅，我的目的性很强。我已经不年轻了，不可能再从最基层开始干起。我是个看上不看下的女人。”

她这个意思是看不起我老公啰？算了，无所谓，最重要的是她没碰我老公就是了。在我看过朗尼的屁股后，我也不怎么想当那种看上不看下的女人，人各有志啊！

我们回去后，皮尔歇太太正要离开，她非常尖酸地说：“各位慢慢享受，我受够了。”朗尼对她的离去颇有微词：“唉，皮尔歇今天心情不太好。情绪会变得那么坏，一定是更年期到了，我太了解这个年纪的女人了！”

其实现在应该有个人跳出来告诉他，等他再老一点，他的前列腺就会每况愈下；或者对他吐口水——他刚说的话还真恶心。不然打个电话给他老婆也是个不错的选择。像朗尼这种男人通常都胆小得可悲，一遇到太座发威，就将他平常威风凛凛的小老弟给乖乖收起来。

没有人有任何举动，毕竟朗尼是老板。只有正妹蜜雪儿穿过场地中间，缓缓地走向朗尼，像是电影《日正当中》[1]里头的一幕。

在残忍的好戏要上场前，我把克里斯多夫拉走，跟大家道别。“明天见了，施耐德太太。欢迎您加入我们。”朗尼叫着，这又再次提醒我，我从今天开始又是个职业妇女了，第一天上班日算是收获良多。

“明天见了，还有克拉拉，谢啦。”我对大伙儿喊，然后就离开了。

在事务所门前得到一个迟来好久的吻，真享受。“现在上面是怎么一回事？”克里斯多夫问我。“明天就知道了。”我说道，他惊讶地望着我。

“你还会继续来这里吗？”他想知道。好像我今天的出现只是个临时插花的表演似的。难道他还搞不懂，我对重新进入职场这件事是认真的吗？这也是我在接下来几天急需解释清楚的议题，还有那个“如果我有机会的话，我早就下手”的事件，另外也要弄清楚他那条丑不拉几的直条纹领带的来源。但是这得一件一件慢慢来。

①：1952 年美国导演弗瑞迪·辛尼曼所导的一部黑白片。

老实说我还蛮高兴的，最起码现在从表面看来我们是一片和谐。虽然这很有可能只是休战期，但我还是觉得挺开心的。

我们直接开车去茵格跟鲁迪那里接小孩。茵格很高兴看到我们，她根本不想把马克跟克劳蒂亚交出来。“今晚你们俩就好好享受吧，我明天会把他们带到他们该去的地方。”她向我们提议。

克劳蒂亚兴奋地向我们报告，她的死对头爱密尔，我们邻居塔玛拉的儿子，要去上资优学校，所以她在夏天之后就可以永远地摆脱他了。在这个年纪就已经会为摆脱掉错的男人而感到海阔天空。

马克，我们的儿子，相比之下显得格外安静。“怎么了吗，亲爱的？”我问他。他的脸胀得红通通的，激烈地摇着头。“没有。”这是唯一从他嘴里吐出来的话。很可疑。

茵格把我拉到旁边，“安德蕾雅，好像不大对劲，幼稚园的人说想跟你们谈谈，很急。他们什么都没告诉我，只是说不可以再这样继续下去了。”唉，要是今天一切都平平顺顺的，那该有多好。

“如果可以的话，他们希望你们今天可以跑一趟。”茵格对我说。这听起来不太妙。我把马克带到一边，对他进行小型的审判会。

他很顽固，一个字都不肯透露。没关系，反正到目前为止我不都什么都知道了。“我们还得去幼稚园一趟。”我告诉我先生，而他只说："你说了算。"

茵格觉得我再进入职场是件很棒的事，"太棒了，安德蕾雅，恭喜你。我真的很为你感到高兴。"然而，她觉得很棒的原因跟我的不大一样。老实说，我去工作这件事绝对跟她对理想家庭的想象相悖，因为她其实还蛮传统的。按她的想法应该会觉得，孩子需要他们的妈，如果想把他们丢给别人的话，那干吗还生？但因为可以跟宝贝孙子相处，这下子把孩子丢给别人又没关系了。

"我们希望能多有机会照顾他们两个。"她告诉我。

"我会的，茵格。"我说道，并且真心诚意地觉得感激。跟茵格讨论现代家庭结构没有用，我放弃。

鲁迪，我的公公，在道别时特别抱紧我，"你们一切都好吗，安德蕾雅？"他看着我的眼睛问道。

"是的，鲁迪。再好不过了。"我说道，这几天下来，关于这个问题我终于可以不必再说谎了。

我们开往回家的方向，中间在幼稚园停了一下。虽然我不认为事情会有多夸张，但是出自于好奇，我等不到明天。而且在快下班前去幼稚园是个很聪明的做法，因为老师就没时间跟你扯一些有的没的。

在半路上我的手机响了，是布莉姬，我老姐。我也正想她呢。"怎么回事，安德蕾雅？妈说你们吵架了？"她毫不拐弯抹角地问我。消息还传得真快啊。

"没事，"我说，"只是个小误会，我们会去烤肉。"我马上塞住她的嘴。因为一旦布莉姬开始，之前可能要先请个一天假才有足够的时间听她说教。

幼稚园的老师已经在等我们了。马克想待在车子里，他不想不断地上车下车。我认为这是他默认有罪的表现，也就让他留在车子上。他姐姐，克劳蒂亚，享受这个状况，一边还天马行空地想着她老弟可能干了什么蠢事。“他去捉弄别人！”想也知道她想一起下车。

“你跟你弟待在这儿，我们很快就回来。”克里斯多夫这么决定。就跟平常一样，爸爸只要出声，克劳蒂亚也只得乖乖听话。

幼稚园园长亲自迎接我们。“施耐德家族，终于来了。请来我的办公室。”

“到底是什么事情？”我问道，慢慢开始觉得有点紧张。

“你们家里是不是有什么问题？”她反问我。我跟我先生互看一眼，然后异口同声地说：“没有啊，怎么这么问？”这样反应到底对不对？我想，看看马克是犯了什么错，我们还可以把问题推到家庭状况上，帮他找借口。但是太迟了，话都已经说出口了。

我感觉像是坐在被告席，现在这位幼稚园女律师开口了：“您的儿子马克今天在滑溜梯上撒尿，在其他的孩子面前。”她严厉又充满期待地盯着我们。

克里斯多夫竟然开始笑了起来。这可不是幼稚园长史奈德太太所期待的反应。“我不知道这有什么好笑的！”

她训斥克里斯多夫。

“有人受伤吗？”我小心地问，同时必须忍住笑意。

我儿子，一个滑梯尿人！他怎么会想到这么做？“那他为什么会在滑溜梯上尿尿呢？”我问道。

“那您最好自己去问问您的儿子！”史奈德太太斥责我。

“我们会的。”我先生回答道，“那，祝您有个美好的夜晚。”

史奈德太太轻咳了一下，“等等，事情没有那么简单。德希芮的妈妈相当生气。因为德希芮滑进了您儿子的尿里，她的新衣服整个毁了。”哦，这还真严重啊。她家难道没有洗衣机吗？

“我们会负责赔偿的，但现在我们真的得走了。”克里斯多夫结束这场对话。史奈德太太对这样草草结束谈话不是很高兴，看得出来，她原本期待我们能表现出悔不当初的样子。

“我们会在家长会上讨论这件事情的。”她说道，同时克里斯多夫已经走到门边了。

“您其实也可以考虑一下开记者会。”他建议她。我快笑出来了。只见史奈德太太用冰冷的语气对着我们说：“再见。”

多亏了克里斯多夫的“帮忙”，不然我一定会跟这位女士结下不解之缘。

回到车上，克里斯多夫只说：“该是男人跟男人对话的时候了。”他挤到后座跟孩子一起坐，我开车。马克低着头，克里斯多夫开始讲话：“我知道发生了什么事，你这个滑梯尿尿人。告诉我，你为什么要这么做？”

他迟疑了一下才开口说：“那个德希芮本来是我女朋友的，但现在她变成班尼的女朋友。”

马克不愧是我儿子，显然嫉妒是不分年龄的。

我载着满满的一车，我小小的家庭。只可惜油箱没有满。

我停在家附近的加油站旁。收银小姐远远就对着我笑，“我们又有测量脉搏功能的腕表了，我特别帮您留一个起来呢！”有的时候需要一点时间，但是最后想要的还是会得手，或者是说可以得手的就会让人想要。或许这是所有问题的答案。“但您必须把野餐背包组拿来换！”

用野餐背包组换一个有测量脉搏功能的腕表？我才不要呢。我之前不想要它，但我相信，我现在不能没有它。有的时候事情就是这样。

我拒绝了，我不想把它交出来，我已经习惯它了。况且，野餐背包组可以发挥的功能不是比有测量脉搏功能的腕表要来的让人开心吗？在意义上，一个是代表了放松，另一个则是努力与劳累。有谁会自愿选择努力跟劳累呢？

那位小姐不知所措，而我开心地走向车子，因为野餐背包组、因为天气，还有因为我推掉那个原来想得到的测脉搏腕表所代表的重大意义。

今天一切都很美好，所有的一切。

但就像《乱世佳人》里面郝思嘉说过的："明天又是新的一天。"

图字:01-2011-2591

图书在版编目(CIP)数据

当野花来敲门 / (德) 苏珊著 ; 翁奕萍, 尹蕴雯译
.-- 北京 : 现代出版社, 2011.7
ISBN 978-7-5143-0158-8

Ⅰ. ①当… Ⅱ. ①苏… ②翁… ③尹… Ⅲ. ①长篇小说一德国一现代 Ⅳ. ①I516.45

中国版本图书馆 CIP 数据核字(2011)第 094971 号

Originally published as: " Familien Packung"

当野花来敲门

著　　者 :(德) 苏珊·芙洛利希
责任编辑 :李　丹
出版发行 :现代出版社
地　　址 :北京市安定门外安华里 504 号
邮政编码 :100011
电　　话 :010-64267325　64245264(传真)
电子邮箱 :xiandai@cnpitc.com.cn
印　　刷 :东莞市信誉印刷有限公司
开　　本 :880×1230mm 1/32
印　　张 :9.25
版　　次 : 2011年 8 月第1版　2011年 8 月第1次印刷
书　　号 :ISBN 978-7-5143-0158-8
定　　价 :29.80 元